망할 놈의 예술을 한답시고

세계시인선

48

망할 놈의 예술을 한답시고

찰스 부코스키

황소연 옮김

HELL IS A CLOSED DOOR

Charles Bukowski

THE LAST NIGHT OF THE EARTH POEMS
by Charles Bukowski

Korean translation edition is published by arrangement with
HarperCollins Publishers through EYA.

이 책의 한국어 판 저작권은 EYA를 통해 HarperCollins Publishers와
독점 계약한 ㈜민음사에 있습니다.

차례

1부

내 손목은 강, 내 손가락은 글

체증

도심을 통과하는 하버 고속도로 남부
거기 아주
기막힌 데야.

지난 금요일 저녁 거기 앉아 있었어
1단 기어조차 넣지 않은
빨간 미등의 장벽 뒤에서
꼼짝 못 하고.
자욱한 배기가스
잿빛 저녁 하늘
과열된 엔진들.
앞쪽 어디에서
클러치 타는 냄새가
나더군.
차들이
1단에서 중립으로
중립에서 1단으로
오락가락하는
길고 느릿한
고속도로 오르막
어딘가에서.

라디오
뉴스를 들었어.
적어도 여섯 번은 들었을 거야.
세상 돌아가는 꼴이
훤히 보일 만큼.
다른 채널에선
얄팍하고 따분한 음악만 나왔어.
클래식 채널은
잡히지 않았고
잡히면
평범하고 따분한 곡들만
줄창 나왔지.

라디오를 껐을 때
머릿속에서 이상한 회오리가 일더니
이마 안쪽에서 출발해
시계 방향으로
두 귀를 지나 뒤통수에 도달해
이마로 돌아간 다음
다시 뱅뱅 돌더라고.
궁금했어, 이거 혹시
사람이 미치는

증상인가?

추월 차선에 서서
차에서 내릴까 말까
고민하는데 문득
차 밖에 있는
내 모습이 보였어
팔짱을 끼고
고속도로 중앙분리대에 기대 있다가
주르륵 주저앉아
두 다리 사이에 머리를 넣는
내 모습이.

나는 차 안에서 이를 악물었어.
라디오를 다시 틀고
애써 그 회오리를 억누르며
생각했지, 다른 사람들도
나처럼 이렇게
충동을
꾹꾹 누를까?

그때 앞 차가

움직였어
30센티, 60센티, 90센티!

나는 1단 기어를 넣었어……
줄이 움직인 거야!
그러다 기어를 중립으로 돌렸지만
그래도
이삼 미터는
움직였으니 그게 어디야.

세상 돌아가는 소식을 들었어
일곱 번째로.
여전히 암울한 뉴스였지만
모두들
그 정도는 참아 넘겼지.
똑같은 운전면허증과
앞 차 좌석 위로
솟은
똑같은 빙충이의 뒤통수를
더 쳐다보다가는
환장할 것
같았거든.

그사이 시간은 흐르고
온도계 바늘은
오른쪽으로 기울고
연료 계기판 바늘은
왼쪽으로 기울었지.
우리는 궁금했어.
누구의 클러치가
타는 걸까?

맥없이 집으로 기어가는
어쩌면 죽으러 가는
최후의 거대 공룡.
우리가 딱
그 꼴이지
뭐야.

두 왈짜

L.A. 시립대학엔 왈짜가 둘 있었다.
나, 그리고 제드 앤더슨.
앤더슨은 풋볼 공을 잡으면
번개처럼 질주해 돌파하는
대학 역사상 최고의 러닝백[1]이었다.
나는 험상궂게 생긴 주제에
스포츠를 별종들의 게임 정도로 여겼다.
내 보기에 더 큰 게임은
우리를
가르치려 드는 인간들에 대한 도전이었다.

제드와 나는 캠퍼스의 양대 걸물이었다.
제드는 야간 경기에서
달리기 기록을 60, 70, 80야드로 차츰 갱신했고
나는 낮 동안
죽치고 앉아
알지도 못하는 것을 지어 냈다.
내가 아는 것은 죄다
많은 교수들이 말을 뱅뱅 돌리며
요리조리 피할 만큼
나쁜 것들뿐이었다.

대망의 날
제드와 나는
마침내 만났다.
캠퍼스 맞은편
주크박스가 있는 작은 가게에서.
그는 친구들과
앉아 있었고
나는 내 친구들과
앉아 있었다.

"가 봐! 가 봐! 놈이랑 얘기해 보라고!"
내 친구들이
재촉했다.
나는 말했다. "허우대만 멀쩡한 놈
쯤이야. 난 니체랑 편 먹은
놈이야. 저놈더러
이리 오라 해!"

마침내 제드가 자판기에서
담배를 사려고
일어섰을 때
내 친구들이 물었다.

"저 자식한테
쫄았냐?"

나는 일어서서
담배갑을 집으려
자판기 안에 손을 넣는
제드 뒤로 다가갔다.

"안녕, 제드." 나는
말했다.

그가 돌아섰다. "안녕,
행크."

그러고는 뒷주머니에
손을 넣어
1파인트[2] 위스키 병을 꺼내
내게 건넸다.

나는 양껏 쭉 들이켜고는
그걸
돌려주었다.

"제드, 졸업
후에
뭐 할
생각이야?"

"노터데임[3]에서
뛰어 볼까 해."

그는 자기 테이블로
돌아갔고
나는 내 테이블로
돌아왔다.

"뭐래?
뭐라든?"

"별말 없었어."

제드는 노터데임에
들어가지 못했고
나 역시

아무것도
이루지 못했다.
둘 다 세월에 휩쓸려
표류했을 뿐.
하지만 놈들 중에는
잘나간 놈도 있었고
그중에 한 놈은
유명한
스포츠 칼럼니스트가 되어
나는 수십 년간
신문에서
그놈의 사진을
봐야 했다.
물려받은
거지 소굴 같은 방에서
바퀴벌레와 더불어
지긋지긋한
밤을 보내면서.

그래도
돌이켜 보면
뿌듯한 순간이었다.

꼬붕들이 죄다
지켜보는 가운데
제드가 내게
술병을
건네고
내가 3분의 1을
마셔 버린 그 순간이.
망할,
그때는
우리 둘한테 실패란
없을 줄 알았는데
그게 아니더란 말이지.

나는
삼사십 년 만에 겨우 몇 걸음
전진했을
뿐이다.
그런데 제드,
오늘 밤 아직 여기 있나 모르겠지만
(그때 깜빡하고 못 한 말이
있어.)
그 술

고마웠어.

---

1 미식축구에서 라인 후방에 있다가 공을 받아서 달리는 공격 팀 선수.

2 약 500밀리리터.

3 미식축구로 유명한 노터데임대학교.

내 독일인 친구

오늘 밤
태국산
싱하 몰트 맥주를
마시며
바그너를
듣는다.

오늘 밤
바그너가
건넌방에도
모퉁이
저편에도
어딘가에도
살아 있지
않다는 게
믿기지 않는다.

물론
그는
나처럼
자기 음악에
빠져 있겠지.

양팔을
따라
소름이
돋는다.

그리고
오싹하다.

그는 여기 있다

지금.

생일 축하합니다

노년의 바그너에게
있었던 일.
그의 생일에
축하 파티가
열렸는데
그가 소싯적
작곡한
반주 음악 두 곡이
연주됐다.

연주가 끝나고
바그너가 물었다.
"누가 쓴 곡인가?"

바그너의 작품이라는
말에

그는 대답했다.
"아, 내 이럴 줄
알았지. 역시
죽는 것도
나쁘진 않겠어."

전화

전화벨과 함께
전화가
데려온 사람들
시간을 보낼 줄 모르는
그들은
멀리에서도
이 전염병을
퍼트리지 못해
안달복달이다.
(같은 방 안에서
자신의 무가치함을
직접 투사하는 걸
더 선호하기는 하지만.)

전화는 원래
급한 일에만 필요한 것이다.

급한 일이 없는
사람들, 이들은
재앙이다.

나는 한 번도 전화벨 소리가

달가운 적이 없다.

“여보세요.”
조심스럽게 받으면

“나 드와이트야.”

진동하는 그들의
어리석은 침략 욕구.
그들은
당신의 정신을 좀먹는
인간 벼룩이다.

“응, 무슨 일이야?”

“그게, 오늘 밤 시내에 나왔거든.
나온 김에……”

“저기, 드와이트, 나 일이 있어서
곤란해……”

“어, 그럼 다음에

할까?"

"무리야……"

누구에게나 저녁 시간은
흔해 빠진 것이라
그렇게 낭비되는 저녁 시간은
하나뿐인 당신 인생의
자연스러운 여정을
더럽게
망친다.
더구나 종종
전화 건 사람에 따라
이틀이고 사흘이고
씁쓸한 뒷맛을
남기기도 한다.

전화는 원래
급한 일에만 필요한 것이다.

수십 년간 나는
전화에 시달린 끝에

"안 돼."라고
말하는 법을
겨우 터득했다.

더는
그들에게 마음 쓰지 마시라
제발.
그들은 그냥 다른 번호를
누를 것이다.

까딱하다가는 걸려들기
십상이다.

"여보세요."
당신이 말하면

"나 드와이트야."
그들은 말한다.
그러면
당신은
친절하고
너그러운

영혼이
되니까.

구걸

대다수가 그렇듯 나 역시
여러 직업을 전전하며 살았다.
배를 갈려 내장이 죄다
바람결에 날려간 기분이랄까.
좋은 사람도 만났고
별종도
만났다.
같이 일했던 사람들을
하나하나 돌이켜 보니
수십 년이 지난 지금에도
가장 먼저 떠오르는 건
칼이다.

나는 칼을 기억한다.
우리는 직업상
끈을 뒤로 묶고 목에 끈을 거는
앞치마를 둘러야 했다.

나는 칼의 부하였다.
"우리 일은 거저먹기"라고
칼은 내게 말했다.

상사들이 하나둘 출근할 때
칼은 허리를 살짝 굽히고
웃는 얼굴로 고개를 숙이며
꼬박꼬박 인사를 했다. "굿모닝, 스타인 박사님."
혹은 "굿모닝, 데이 씨." 혹은
나이트 부인. 싱글인 여자에게는
"굿모닝, 릴리" 혹은 베티 혹은 프랜이었다.

나는 한 번도
말을 걸지 않았다.

칼은 그것이 마음에 걸렸는지
어느 날 나를 한쪽으로 데려갔다.
"이봐, 점심시간을 두 시간씩
주는 데가 대체 또
어딨겠어?"

"없겠지, 아마도……"

"저기, 이봐, 너나 나 같은 놈에겐
여기 만한 데가 없어, 여기가
최고라고."

나는 기다렸다.

“이봐, 처음에는 꼬랑지 흔드는 게 어렵긴 해,
나도 쉽지 않았어.
하지만 좀 지나니까 대수롭지
않더라고.
난 그냥 갑옷을 두른 거야.
지금 난 갑옷 차림인 거야.
알겠어?”

그러고 보니 칼은
정말 갑옷을 두른 것 같았다.
얼굴에는 가면을 쓴 것 같았고
눈은 멍하고 공허하고 무덤덤했다.
내 눈앞에 있는 것은
시들고 지친 소라고둥이었다.

몇 주가 지났고
변한 건 없었다.
칼은 인사하고 긁적거리고
웃는 얼굴로 담담히

제 역할에 충실했다.
우리가 소멸할 존재라는
생각이나
더 우월한 신들이 지켜보고 있다는 생각은
하지 않는 듯했다.

나는 내 일을
했다.

어느 날 칼은 나를
다시 한쪽으로 데려갔다.

"이봐, 몰리 박사님이 나한테
네 얘기를 하시더라."

"그랬어?"

"너 무슨 불만 있느냐고
묻던데."

"그래서 뭐라고
했는데?"

"네가 철이 없어 그런 거라고
했어."

"고마워."

나는 다음번 봉급을 받고
그만두었다.

하지만

고만고만한
일터에
만족할
수밖에
없었고
칼 같은 놈들을
상대하다
결국 그들을 모두 용서하게 됐지만
도저히 나 자신은 용서가 되지 않았다.

소멸할 존재라는 자각은

가끔 사람을

이상하고

일터에 부적합한 인간으로

자유

기업의

노예이기를 거부하는

불쾌한

인간으로

만든다.

그 느낌

헉슬리[1]는 예순아홉 살에 죽었다.
그 출중한 재능을 생각하면
너무 일찍 간 셈이다.
나는 그의 작품을
모두
읽었는데
공장과
주정뱅이 유치장과
촌스러운
여자들을
견뎌 내는 데
그의 「연애 대위법」[2]이
조금은
도움이 됐고
함순[3]의
「굶주림」[4]도
조금은
도움이 됐다.
우리에게
필요한 것은
훌륭한
책들이다.

이토록 격렬하고
아름다운
염세적 주지주의[5]
성향의
헉슬리 책에
끌리다니
놀라운 일이었다.
처음 「연애 대위법」을
읽은 것은
사나운
미치광이
술꾼 여자와
호텔 방에서
살 때였는데
한번은 여자가
파운드[6]의 「캔토스」[7]를
내게 던졌다.
빗나가긴 했지만.
여자들은 늘
내게
그런 식이었다.

당시 나는
조명 설비
공장
포장반에서
일을 했다.
한번은
술을 마시다
여자한테 말했다.
"이거 읽어 봐!"
(「연애
대위법」을
가리키면서)

"당신 엉덩이에나
쑤셔 박아!"
그녀가 내게
소리쳤다.

어쨌든, 올더스 헉슬리가
예순아홉 살에 죽었다는 건
너무 이른 감이

있다.
하지만 죽음은
그에게나
또래
청소부 아줌마에게나
공평한
모양이다.

살아가는 데
힘이 되는
사람들은
빛이
바랠지언정
조금은 용기를
북돋아 준다.
청소부 아줌마, 택시 운전사,
경찰, 간호사, 은행 강도,
사제,
어부, 프라이쿡,[8]
기수(騎手)
기타 등등은
가소롭게 보일

정도로.

---

1 올더스 헉슬리. 1894-1963. 영국의 소설가. 대표작으로 「멋진 신세계」, 「아일랜드」가 있다.

2 「연애 대위법(Point Counter Point)」(1928)은 1차 세계대전 후 지식층의 세태를 풍자한 소설.

3 크누트 함순. 1859-1952. 소외된 현대인의 심리를 깊이 있게 그려 낸 노르웨이의 소설가. 1920년에 노벨문학상을 수상했고, 대표작으로 「땅의 혜택」, 「굶주림」이 있다.

4 함순이 1890년에 발표한 자전적 소설.

5 감정보다 지성을 앞세우는 경향이나 태도.

6 에즈라 파운드. 1885-1972. 이미지즘(imagism)을 주창한 미국의 시인. 상징과 같은 애매한 표현보다는 언어를 조각처럼 구상적으로 구사할 것을 주장했다.

7 에즈라 파운드의 연작 장편시. 단테의 「지옥편」에서 시작해 고대 그리스, 르네상스의 이탈리아, 건국 시기 미국, 현대 파시스트 정권하의 이탈리아 등 여러 시대의 문화를 찾아 방랑하는 대서사시.

8 주방에서 튀기는 음식을 담당하는 요리사.

이 시대의 톱 배우

갈수록 살이 찌는 뚱보.
머리카락이 거의 빠져
뒤통수에 한 줌 남은
머리카락을
배배 꼬아
고무줄로 묶고 다니는
남자.

언덕 위에 집이 한 채
섬에도
집이 한 채.
남들 눈에
거의 띈 적 없는
혹자는 이 시대 최고 배우로
꼽는
남자.

그는 친구가
별로 없다.
극소수의 친구들과
밥을 먹는 것으로
시간을 보낸다.

어쩌다 오는
전화는
대부분
걸작 영화에(상대방의
주장)
출연해 달라는
섭외 요청이다.

그는 아주 상냥한 목소리로
대답을 한다.

“아, 안 됩니다, 더는
영화에 출연할 생각이
없어요……”

“영화 대본을 보내드려도
될까요?”

“그러세요……”

그 뒤에

그쪽에선 아무런
연락이 없다.

그와
그의 극소수 친구들이
식사 후
대개 하는 것은
(쌀쌀한 밤이라면)
술잔을 기울이며
영화 대본이
벽난로 안에서
타는 것을
구경하는 것이다.

혹은
식사 후 (따뜻한
저녁이라면)
몇 잔씩
걸친 후
얼어붙은
영화 대본들을
창고에서

꺼내 온다.
그는 친구들에게
대본을 나누어 주고
자기 몫도
챙긴 후
베란다에서
다 같이
대본을 날린다.
대본은
저 멀리
아래쪽
너른 계곡 속으로
비행접시처럼
날아간다.

그러고는
다 함께 안으로
들어간다.
본능적으로
그 대본들이
쓰레기라는
것을

의식하면서. (적어도
그는 그렇게 느끼고
친구들은
그것에
동의한다.)

거기 윗동네는
진짜 멋진
별천지.
자력으로 일구어 낸
자급자족하는
어떤 변수에도
여간해선
흔들리지
않는
세상.

거기도
여느
사람들처럼
먹고
마시고

죽음에
봉사하는 게
전부이긴
하지만.

면도날 같은 낮, 쥐들이 들끓는 밤

새파란 애송이 시절
내 삶은 술집과 도서관으로 양분돼 있었다.
그 외에는 일상을 어떻게 꾸려 갔는지 모르겠다.
그쪽으론 별 신경을 쓰지 않았다.
책이나 술이 있으면 다른 생각은 나지 않았다.
바보들은 자신의 파라다이스를
만드는 법이다.

술집에서는
왈짜를 자처해 물건을 부수고
사내들과 싸움을 벌였다.

도서관에서는 달랐다. 이 방에서 저 방으로
조용히 돌아다녔고, 모든 책을 섭렵하기보다는
의학, 지질학, 문학, 철학을 골라 읽었다.
심리학, 수학, 역사 같은 것들은 끌리지 않았다.
음악은 기술적 측면보다 음악 자체와
작곡가들의 생애에 더 끌렸다……

철학자들에게는 형제애를 느꼈다.
쇼펜하우어, 니체, 낡고 난해한 칸트마저.
산타야나[1]는 당시 대단한 유명인사였으나

시시하고 지루했다. 헤겔은 제대로 파 볼 만했다.
특히 숙취에 시달릴 때는.
읽었지만 잊은 것들이 많다.
잊을 만하니 잊었겠지만.
달이 거기 없다고 주장한 사람은
기억이 난다.
하도 그럴싸해 그 책을 읽고 나니
달이 거기 없다는 그의 주장이
믿어졌다.

달이 거기 없다면
하루 여덟 시간의 노동을 감내할 청년이
누가 있겠나?
뭐가 아쉬워서?

그런데
문학보다 문학 평론가라는 자들이 더 좋았다.
참으로 밥맛 떨어지는 그자들은
세련된 언어를 동원해 아름다운 방식으로
다른 평론가와 작가를 등신 취급했고
나는 그 덕에 기운이 났다.

내 어지러운 두개골 안에 도사린
허기를
채워 준 것은
철학자들이었다.
과잉과 끈적한 어휘의
향연
그러나 여전히
절대적 진리 혹은
절대 진리에 가까워 보이는
격렬하고 도발적인 서술은
짜릿하고
독보적이었다.
또한 그 확신에 찬 태도야말로
판지로 지은 듯한 일상에서
내가 찾던 것이었다.

그 훌륭한 노장들 덕에
면도날 같은 낮, 쥐들이 들끓는 밤,
지옥의 경매사 같은 여자들을
견뎌 낼 수 있었다.

나의 형제들, 나의 철학자들은

세상 사람들과 다르게
내게 말을 걸고
크나큰 결핍을
채워 주었다.
참으로 좋은 남자들
아,
참으로 좋은 남자들!

그렇게 도서관 덕을 보았지만
나의 또 다른 사원, 술집은
다른 차원이었다.
더 단순하고
언어도 방식도
달랐다……

도서관의 낮, 술집의 밤.
밤은 늘 비슷했다.
근처에 앉은 어떤 남자, 악당은 아니어도
왠지 못마땅한 남자
감도는 섬뜩한 죽음의 기운, 눈앞에 떠오르는
내 아버지, 교사들, 동전과 지폐 속
얼굴들, 악몽 속 살인자의 둔감한 눈빛.

나는 남자와 시선을 교환하고
분노는 서서히 집결한다.
우리는 적이다.
고양이와 개, 사제와 무신론자, 물과 불.
긴장감이 고조되고 벽이 착착 쌓이는 사이
격돌은 다가온다.
우리는 주먹을 쥐었다 폈다
목적을 가지고 술을 마신다.

남자의 얼굴이 나를 향한다.
"뭐 불만 있수, 형씨?"

"있지. 당신."

"한판 뜰까?"

"붙어."

우리는 술을 마저 마시고
술집 뒤편 골목으로 나가
돌아서서 마주한다.

나는 그에게 말한다.
"우리를 가로막는 건 공간뿐이야.
그 공간을 줄여도
불만 없겠지?"

그는 나를 향해 돌진한다.
그것은 전체의 일부 중 일부 중
일부다.

---

1 조지 산타나야, 1863-1952, 스페인 태생의 철학자, 비평가, 시인.
물질세계의 객관적 존재를 인정하면서도 본질에 관해서는 플라톤적 견해를 고수했다.

어둠의 안팎

내 아내는 극장을 좋아한다. 거기 팝콘도 음료수도
거기 의자에 앉아 있는 것도. 아내는 아이처럼 기뻐하고
나는 아내가 기뻐하니 그것으로 족하다.
하지만 나는 다른 별 출신.
굴을 파고 혼자 숨어 지내는
다른 삶을 사는 두더지.
가깝고 먼 곳에서 북적대는 사람들은
내게 불쾌감을 유발한다. 바보 같지만(어쩌면)
그것이 진실이다.
암전이 되고 거대한 인간의 얼굴과 몸뚱이가
스크린을 돌아다니며 말하는 것을
우리는 경청한다.

100편의 영화 중 훌륭한 영화 하나, 괜찮은 영화 하나
나머지 아흔여덟 편은 아주 시시하다.
대부분의 영화들은 나쁘게 시작해 점점 더
나빠진다.
등장인물들의 행동과 대사가
그럴듯하다면
씹고 있는 팝콘에도 어떤 의미가 있다는
말조차
그럴듯할 것이다.

(사람들은 하도 영화를 많이 봐서
어쩌다 나쁘지 않은 영화를 보면
걸작이라고 생각할 수밖에 없다.
아카데미상은 너는 네 사촌처럼 형편없는 건
아니라는 증표일 뿐.)

영화가 끝나고, 거리로 나가 차를 향해
움직일 때 아내가 말한다. "사람들 말처럼
그리 재밌지는 않네."
"응." 나는 말한다. "별로야."

"그래도 괜찮은 장면이 좀 있더라." 아내가 대꾸한다.
"응." 나는 대답한다.

우리는 차에 도착해 올라탄다. 나는 차를 몰아 함께
그곳을 빠져나간다. 우리는 밤 풍경을 둘러본다.
밤은 바라보면 흐뭇하다.

"자기 배고파?" 아내가 묻는다.

"응. 자기는?"

우리는 신호에 걸려 멈춘다. 나는 빨간불을 바라본다.
저 빨간불이라도 먹고 싶다. 뭐든. 이 공허함을
채울 수 있다면 뭐든. 대다수 생명체의 실상보다
형편없는 것을 만들어 내는 데 수백만 달러가
쓰이고 있다. 지옥 체험에 입장료를 내서는
안 된다.

신호가 바뀌고 우리는 탈출한다.
앞으로 전진.

친절하세요

우리가 늘상 받는 요구.
아무리 고리타분하고
아무리 어리석고
아무리 불쾌한 것이라도
타인의 견해를
이해하라는
요구.

그들의 순전한 과오를
그들이 허비한 인생을
온정의 눈길로
바라보라는
요구.
노인들에 관해서는
유달리
더 그렇다.

하지만 나이는
우리의 행적이다.
그들은 고약하게
나이가 들었다.
흐리멍텅하게

살아왔지만
그걸 한 번도
인정하지 않았기
때문이다.

그들의 잘못이 아니라고?

그럼 누구의 잘못인가?
내 잘못?

그들에게 내 시각을
숨기라고
그들의 두려움을
자극하지 말라고들
한다.

나이 드는 것은 죄가 아니다.

하지만
고의로 낭비된
허다한 인생들
다 놔두고

고의로 낭비된
한 인생을
수치로 여기는 것은
죄악이다.

눈이 아름다운 남자

어렸을 때
늘
가림막이
내려진
이상한 집이 있었다.
집 안에선
인기척이 없었고
마당에는
대나무가 무성해
우리는
대나무 숲에서
타잔 놀이를
하곤 했다
(제인은
없었지만).
그리고 그 집
커다란
연못에는
살이 오를 대로 오른
얌전한
금붕어들이
우글우글했는데

수면 위로
올라와
우리 손에서
떨어진
빵 부스러기를
먹었다.

부모님들은
우리에게 일렀다.
“저 집은 근처도
가지 말아라.”
물론
우리는 갔다.

거기 누가 살고 있는지
궁금했다.
몇 주가 지났지만
아무도
보이지 않았다.

그러던 어느 날
그 집 안에서

목소리가
들려왔다.
“이 망할
갈보!”

남자
목소리였다.

그리고
방충문이
벌컥
열리더니
남자가
밖으로
나왔다.

남자는
오른손에
핍스[1] 위스키 병을
들고 있었고
서른 살쯤
되어 보였다.

시가를
문 입
면도
안 한
얼굴
빗질 안 한
헝클어진
머리
맨발에
러닝셔츠와
바지를
입고
있었지만
눈빛이
반짝였다.
그 남자가
초롱초롱한
눈으로
말했다.
"어이, 꼬마
신사들
재미난 시간

보내고 있나,
응?”

그러고는
와락 너털웃음을
웃고는
집 뒤편으로
걸어갔다.

우리는 거기를 나와
내 부모님 집 마당으로
돌아와
그 일을
생각했다.

우리는
부모님들이
그 집에 가지 말라고 한
이유가
그런
남자
강하고 자연스러운

남자
눈이
아름다운
남자가
우리 눈에
띄지 않기를
바랐기 때문이라고
판단했다.

부모님들은
본인들이
그 남자
같지
않은 게
창피해서
우리더러
거기
가지 말라고
한 거라고.

하지만 우리는
그 집으로

그 대나무 숲으로
얌전한
금붕어들에게
돌아갔다.
몇 주에
걸쳐
여러 번.
하지만
그 남자는
다시는
보이지도
들리지도
않았다.

가림막은
언제나 그렇듯
내려져 있었고
집 안은
조용했다.

그러던 어느 날
학교에서

돌아와
그 집을
보니

그 집은 잿더미가
되어 있었다.
그을리고 뒤틀린
시꺼먼
집터뿐
아무것도
남은 게 없었다.
우리는
연못으로
가 봤지만
연못 안에
물은
없고
통통한
오렌지색 금붕어들은
죽어
말라 있었다.

우리는
내 부모님 집
마당으로 돌아와
이야기 끝에
결론을 내렸다.
부모님들이
그들의 집을
불태우고
그들을
죽이고
그 금붕어들을
죽였다고.
그것들이 모두
너무나
아름다워
그 대나무
숲마저
태워 버렸다고.

눈이
아름다운
그 남자가

두려웠던
거라고.

그리고
우리는
두려움에
사로잡혔다.
평생에 걸쳐
이런 일들이
일어날
거라고
아무도
누군가
그리 강하고
아름다운 사람이
되는 꼴은
두고 보지
않을 거라고
사람들은 절대
그런 걸
가만두지 않을 거라고
그래서

많은 사람들이
죽어야 할
거라고.

1 1갤런의 5분의 1, 약 750밀리리터에 해당하는 부피 단위.

이상한 날

구름 인파가 몰린 할리우드 파크[1]에서
성가시고 무례하고 우매한
군중과
뜨겁고 피곤한 하루를 보낸
날이었다.

마지막 레이스에서 따고 배당금을 받으러 남았다가
내 차로 가니
그곳은 빠져나가려는 자동차들로
전쟁터가 되어 있었다.

신발을 벗고 앉아 기다리다
라디오를 틀었더니 마침 클래식 음악이 나왔고
앞 좌석 사물함 안 1파인트 스카치 위스키를 따서
한 모금 쭉
들이켰다.

전부 나갈 때까지 기다렸다
나갈
생각이었다.

4분의 3쯤 남은 시가를 찾아 불을 붙이고

스카치 위스키를 한 모금 더 마셨다.

음악을 듣고, 담배를 피우고, 스카치 위스키를
마시고 패배자들의 퇴진을
바라보았다.

동쪽으로 100미터쯤 되는 곳에
작은 주사위 도박판이
벌어졌다.

그마저도
파장이 났다.

나는 1파인트를 몽땅 비우기로
했다.

병을 비운 후 좌석에 몸을 쭉
폈다.

얼마나
잤을까
눈을 떠 보니 캄캄했고

주차장은 텅
비어 있었다.

나는 신발을 신지 않고 시동을 걸어
차를 빼서
빠져나왔다……

집에 도착하니 전화벨이
울리고 있었다.

열쇠를 열쇠 구멍에 넣고 문을 열었을 때도
전화벨은 계속
울렸다.

나는 건너가 수화기를
들었다.

“여보세요?”

“이 개새끼,
어디 갔었어?”

"경마장."

"경마장? 지금 밤 12시 30분이야! 내가
저녁 7시부터 계속
전화했단 말이야!"

"경마장에서 방금
들어왔어."

"거기서 여자랑 같이
있었지?"

"아니."

"못 믿겠어!"
그녀는 전화를 끊었다.

나는 냉장고로 가 맥주를 하나 꺼내 들고
욕실에 가 욕조에 물을
받았다.
맥주를 다 마시고는 하나 더 가져와 마개를 따고
욕조 안으로

들어갔다.

전화벨이 다시
울렸다.

나는 맥주를 들고 욕조에서 나와
물을 뚝뚝 흘리며
전화기로 건너가
수화기를 집었다.

"여보세요?"

"이 개새끼, 아무리 생각해도
네 말 못 믿겠어!"

그녀는 전화를 끊었다.

나는 맥주를 들고 욕조로 돌아갔다
뒤에 기다란 물 자국을
남기며.

욕조로 돌아갔을 때

전화벨이 다시
울렸다.

울리든 말든 전화벨 소리를
셌다. 1, 2, 3, 4, 5, 6, 7, 8, 9,
10, 11, 12, 13, 14, 15,
16……

그녀가 전화를 끊었다.

그 후 한 삼사 분쯤
지났을까.

전화벨이 다시
울렸다.

나는 그 소리를 셌다.
1, 2, 3, 4, 5, 6, 7, 8,
9……

전화가
끊겼다.

문득
신발을 차 안에 두고 왔다는 생각,
남은 신발은
그것뿐이라는
생각이 들었다.

누군가 내 차를 훔쳐 갈 가능성은
거의
없었지만.

나는 다른 맥주를 들고 욕조에서
나왔다.
뒤에 기다란 물 자국을
남기며.

기나긴
하루가
막을
내렸다.

---

1 캘리포니아에 있는 경마장.

공기와 빛과 시간과 공간

"가족이니 일이니
항상 방해물이
있었어.
하지만 지금은
집을 팔아 버리고
이 큰 원룸을 구했지, 보다시피
공간과 빛이 있는 방이야.
내 평생 처음 창작할 공간과 시간이
생긴 거야."

아니야, 이 양반아.
창작 의지만 있다면
창작은
하루 열여섯 시간 탄광 일을 해도
애 셋을 데리고
단칸방에서
정부 보조금으로
살아도
몸과 마음이
일부 망가져도
눈이 멀어도
절름발이가 되어도

정신 줄을 놔도
고양이가 등을 기어올라도
지진으로, 폭격으로, 홍수로, 화재로
온 도시가 초토화되어도
할 수 있다네.

여보게, 공기와 빛과 시간과 공간은
창작과 아무 관련이 없고
아무것도 만들어 내지 않아.
새로운 변명거리를 찾아낼 만큼
살날이 길다면
또 모르지만.

용맹한 독수리

2000년 후의 사람들이
여기 있다면
그 시대를 어떻게
묘사할까?

지금 나는
카베르네 소비뇽[1]을 삼키며
바흐를
듣는다. 가장
흥미로운 것은,   이렇게
계속되는 죽음
     이렇게
계속되는 삶.

담배 한 개비를 쥔
이 손을 바라보니
여기 영원히
있었던 것
같아서
말이지.

이 순간에도

총검을 든 군대는
저 아랫마을을
약탈하지.
내 개 토니가 나를 보고
웃는군.

아무 이유 없이
기분이 좋다거나
선택이
제한된 상황에서도
선택을
한다거나
한 줌의 사랑으로
증오에
굴복하지 않는 것은
참 좋은
일이야.
형제여, 믿음이란
신이 아니라
당신 자신을
믿는 거라네.
묻지 말고

말하게나.

지옥에도
그늘이
있고
거기엔
대단히 훌륭한
음악이
마련돼
있다네.

1 프랑스 보르도 지방에서 나는 적포도주.

빨간 자동차

나는 고속도로에서 속도 경쟁을 피하는 편인데
참 재미난 것은
매번 혼자 달릴 때 속도위반 딱지를
떼였다는
것이다.

정작 시속 160킬로미터로 차선을 넘나들며
누가 더 빠른가 경쟁할 때는
경찰이
없다.

이런저런 생각에 젖어 겨우 110킬로미터로 슬슬 달릴 때 꼭
경찰차가
따라붙는다.

3주 만에 이런 어이없는 딱지를 세 번이나 떼이고
한동안, 아니 2년간 몸을 사렸는데, 오늘
하필
빨간 자동차를 탄 인간이 나타났다. 차 모델이나 종류는
모르겠다.
어떻게 시작된 것인지 모르겠지만 아마도 발단은
이랬던 것 같다.

추월 차선을 110으로 달리고 있을 때
백미러에 빨간색이 번쩍하는 순간
그가 오른쪽으로 나를 쌩하니 추월했다.
그는 120이라
내 앞으로 끼어들어 추월 차선으로 들어올 법도
했지만
나는 뭔가에 홀려 속도를 내
그를 따돌렸고
그는 범퍼에 '구원자 예수' 스티커가 붙은 할머니의 차와
나 사이에 갇히고 말았다.
꼭지가 돌 만도 했다.
이후 그는 내 범퍼에
바짝 붙었는데
하도 바짝 붙어 그의 앞유리창과 내 미등이 합체할
지경이었다.
나 역시 꼭지가 돌아
코앞에 초록색 폭스바겐이 있는데도
틈새를 비집고 들어가 앞으로
치고 나갔다.
빨간 차는 미쳐 날뛰며 먼 차선이 빈 것을 보고
그쪽으로 건너가 총알처럼
튀어나갔다.

이후 본격적으로 나와 빨간 차의
자리다툼이 벌어졌다.

그가 선두를 확보하면 나는 위험을 무릅쓰고
미친 듯이 차선을 바꿔
선두를 탈환했다.

각축전이 벌어지는 동안
내 목적지는 망각 속으로 밀려났고
사정은 그도 마찬가지였을
것이다.

지켜보자니 그의 운전 실력에 감탄하지 않을 수
없었다. 그는 나보다 몇 번 더 위험을 감수했지만
내 차의 성능이 조금 나았기 때문에
결과는
백중세였다.

그러다
어느새
우리 둘만 덩그러니 남았다. 교통 흐름이 뚝 끊기면서

우리 둘만 분리되었던 것이다.
우리는 탁 트인 공간에
있었다.

그가 선두로 나섰지만, 얼마 못 가 내 차가
야금야금 따라잡았다.
나는 그를 따라가
옆쪽에 붙은 뒤 나도 모르게 그쪽을
쳐다보았다.

젊디젊은 일본계 미국인, 나이는 열여덟이나 열아홉 살쯤
되려나. 그를 쳐다본 순간
웃음이 터졌다.
그도 나를 확인하는 게 보였다.
일흔 살 먹은 백인 영감
프랑켄슈타인의
얼굴을.

청년이 속도를 뚝 떨궈
뒤로 처졌다.

나는 가게 두었다.

라디오를
틀었다.

목적지를 30킬로미터나 지나왔지만
뭐 어떠랴.

아름답고 화창한 날이었다.

21세기 문턱에서

새해 전날 내 집에서 파티가 열렸을 때였지
아마.
술잔을 들고 서 있는 내게 이
호리호리한 젊은 친구가 다가온 게 말이야.
그는 좀 취해서는 말했어.

“행크, 어떤 여자를 만났는데 그 여자가
당신이랑 2년간 결혼해 살았다고
하더군요.”

“그래요?
그 여자 이름이
뭡니까?”

“롤라
에드워즈.”

“처음 듣는
이름이오만.”

“아, 왜 이러실까, 그 여자
말로는……”

"난 정말 모르는 여자요
형씨……"

사실 그 남자도 모르는
사람이었다……

나는 술잔을 비우고 잔을 채우러
부엌으로 갔다.

주변을 둘러보니 그래, 분명 내 집이었다.
거기는 내 집
부엌이었다.

또다시
희망찬 새해라니.

아이고.

나는 사람들을 상대하러 밖으로
나갔다.

숙녀와 퓨마

그곳은
아주 오지(奧地)는 아니지만
강우량이 적고
언덕바지에
몇몇 집들이 건설 중인
시골이었다.

작은 먹잇감은
씨가 말랐다.
닭이나
고양이 같은
먹을거리를 찾아
흘러 들어온
놈들 중
코요테가 가장 먼저
굶주림에
시달렸다.

한번은 코요테 떼가
말 탄 남자를 공격해
남자의 팔을 물어뜯었지만
남자는

도망쳤다.

그러다
공원에서
한 숙녀가
차에서 내려
공중화장실에 간 적이
있다.

그녀가 칸막이 문을
닫았을 때
살금살금 움직이는
나지막한
소리가 났다.

폭신폭신한
발소리였다.

그녀가 가만 앉아 있는데
퓨마가
칸막이 문 밑으로
머리를 쑥

디밀었다.

참으로 아름다운
동물이었다.

머리가
물러나더니
괭이가
쓰레기통을 뒤엎고 돌아서서
낮게
크르릉거렸다.

그녀는 변기 위로
올라가
머리 위 파이프를
움켜잡고
몸을 완전히 위로 끌어올려
(두려움은 비범한 행동을
유발한다) 파이프 위에 앉아
괭이를
지켜보았다.

순간
괭이는 앞발을
세면대에 걸치며
일어서더니
머리를
세면대 안에 넣고
물이 뚝뚝 흐르는 수도꼭지를
할짝거렸다.

그러고는
문간을 향해
바닥에
웅크리고
앉아 있다

어느새
훌쩍
그곳에서
사라졌다.

그제야
숙녀는

비명을 내지르기
시작했다.

사람들이
도착했을 때
괭이는 아무 데도
보이지 않았다.

그 이야기는
신문과 텔레비전에
나왔다.

세간에 알려지지는 않았으나
그 숙녀는
이후 화장실을
갈 때마다
매번
퓨마를
떠올렸다.

참으로 아름다운
동물이라고.

구경거리

가자고, 문병하러. 이 남자로
말할 것 같으면, 주먹을 부르는
쉰 살의 늙다리라네.
반바지랑 속옷 바람으로 앉아
깨진 하얀 컵으로 와인을 마시지.
가림막을 죄다 내리고 앉아 있는데
텔레비전이라고는 가진 적이 없어.
외출은 와인을 더 사러 갈 때
경마장에 갈 때만 해.
연파란색 58년 코밋[1]을
타고 말이야.

가 보면 말이지, 그 남자 제정신이 아니야
매번 여자한테 차여서는.
아무렇지 않은 척 허세를 떨지만
작고 째진 눈에 고통이
가득해.

모두에게 한 잔씩 따라 주고는 싸구려 술을
벌컥벌컥 마셔 대. 그러다 가끔 일어나
토하지.
아주 가관이야. 몇 구역 밖에서도

그 소리가 들릴걸.
토하고 나와 또
술을 따르지.
그저 마시고 또 마시면서
이따금 헛소리를 해.
가령 "개 세 마리가 할 수 있는 건, 네 마리가
더 잘해!" 이런 말.
이 따위 말을 지껄이지 않으면
유리잔이나 병을 벽에 내던져
부수지.

그는 15년간 병원에서
잡부로 일하다
그만뒀어.

밤에 잠을 잔 적이 없지.

그렇게 못생긴 남자가
그렇게 여자가 많은 건
처음 봐.
게다가 질투도 심해.
누가 자기 여자를 쳐다보기만

해도 주먹을 휘둘러.

그리고 술에 쩔어 헛소리를
해 대고 노래를 부르지.
그런데 이거 알아? 그 남자
시인이야.

가자고, 문병하러
주먹을 부르는 그
늙다리!

---

1 포드 사의 세단 자동차.

안녕하세요, 함순 씨

술을 두 병하고도 반을 비웠는데
서글픈 가슴이
통 맥을 못 춘다.

술에 젖은 어둠을
빠져나와
침실로 가면서
함순을 생각한다.
글 쓸 시간을 벌기 위해
자기 살을 먹었던
그를.

다른 방으로 터덜터덜
가는 나는
늙은
남자.

위로 위로 헤엄쳐 보지만
옆으로
하강하는
밤의
지옥 물고기.

죽음이 내 시가를 피우네

그래, 나 또 술에 취해
여기 있어.
라디오에서 흐르는
차이콥스키를 듣고 있지.
휴, 차이콥스키는
47년 전
배고픈 글쟁이였을 때
들었는데
아직도
여기 있군.
글쟁이로
소소한 성공을 거둔
지금
이 방에는
죽음이
이리저리 거닐며
내 시가를 피우고
내 와인을 홀짝거려.
차이콥스키는 「비창」을
연주하지.
기나긴 여정이었어.
그간 운이 좋았다면 그건

내가 주사위를 잘 던졌기
때문이야.
난 내 예술을 위해 굶주렸고,
망할 놈의 5분, 5시간
5일을 버느라
배를 곯았어.
내가 원한 건 그저 글을 쓰는
거였지.
명성, 돈은 중요하지 않았어.
난 그저 글을 쓰고 싶었는데
그들은 내게
공장 생산 라인
펀치 프레스 앞에 서라고
백화점 창고 직원이
되라 했어.

죽음이 걸어 다니며 하는 말, 어쨌든 난 당신을 데려갈 거요,
당신이 어떻게 살아왔든 말이지.
작가든, 택시 운전사든, 포주든, 도살업자든
스카이 다이버든, 난 당신을
데려갈 거요……

그렇게 하쇼, 형씨,
나는 그에게 말하지.

새벽 1시가 새벽 2시로
스며드는 지금
우리는 함께 술을 마시고 있어.
그때가 언제인지
죽음만이 알겠지만, 나는 그를
속여 넘겼어. 적어도 5분,
그 망할 놈의 시간을 더
얻어 냈다
이거야.

전당포는

언제나 유용했다.
길거리에서는 뭐든 팔려 해도
살 사람이 없었기 때문이다.

물론 전당포에선 물건값을 후려쳤다.
물건을 팔아넘길 때 이문을 남겨야 하니
그럴 만도 했지만.
그래도 물건이 거기 있으니
그것으로 족했다.

내가 애용한 곳은 로스앤젤레스의 한 전당포였다.
주인장은 나를 칸막이 안으로 데려가
주변에 검은 커튼을
쳤는데
그럴 때면 작은 고리에 달린
커튼이
스르륵 우리를 감쌌다.

그 이후 상황은 늘
이랬다.

"내놔 봐요."

그가 말했다.

나는 아주 강렬한 불빛이
내리쬐는 탁자 위에
물건을 놓았다.

그는 물건을 살피고 나서 한동안
나를 쳐다보았다.

"이건 많이
못 줘요."

좀 뜸을 들이다 그는
가격을 불렀다.

항상 금액은 예상보다
많았다.

"10달러 주세요." 나는
가격을 높였다.

"안 돼요." 그가 대답했다. "사실 말이죠……"

그러고는 원래 가격보다 더 낮은 가격을
들먹였다.

가끔 나는 그에게 농담을 걸었다.

"나 여기 좀 있게 해 줘요,
돈 낼게요……"

그는 웃지 않았다.

"싫으면 그냥
가든지."

"저기, 처음 가격으로
하죠……"

"좋소." 그가 말했다.
"그러면 밑지는 건데
참……"

그는 전당표를 쓰고
내게 돈을

내주었다.

“전당표를 꼼꼼히 읽어 봐요
거기에
조항이 있으니까.”

그는 불을 끄고 나서
검은 커튼을
걷었다……
가끔은 맡긴 물건을 찾아올 때가
있었지만
맡긴 물건들은 모두 영원히
떠나보냈다.

더구나 알고 보니
전당표는
술집이나 길거리에서
팔 수도 있었다.

어려운 시절 전당포는 나를 도와주었다.
달리 방법이 없을 때 전당포가 있어서
얼마나 좋았는지 모른다.

검은 커튼이 쳐진 부스는
뭔가를 포기하고 더 간절한 것을
얻는
신기방기한
성소(聖所)다.

얼마나 많은 타자기, 양복, 장갑
시계를 전당포에 맡겼는지
헤아릴 수
없지만
그런 곳들은
언제나
유용했다.

지옥은 닫힌 문이다

배를 곯고 살 때도
나는 출판사의 거절 통지에 개의치 않았다.
편집자들이 참 멍청하구나
생각하고는
계속 글을 쓰고 또
썼다.
그래도 그렇게 행동으로 거절해 주니
다행이라 생각했다. 최악은 텅 빈
우편함이었다.

마음이 약해지거나 기대를 한 적이
있었다면
거절한 편집자를 한번
만나 보고 싶은
정도랄까.
남자든 여자든 그 사람의 얼굴
차림새, 방을 건너오는
걸음걸이, 목소리
눈에 담긴 표정을 보고 싶었다……
딱 한 사람만이라도
딱 한 번만이라도.

알다시피
눈에 보이는 거라고는
나를 변변찮다 말하는
종이 한 장뿐이라면
편집자를
신의 반열에 오른
존재로 생각하기
십상이다.

망할 놈의 예술을 한답시고
배를 곯을 때는
지옥은 닫힌 문이다
가끔 문 열쇠 구멍으로
그 너머가 얼핏
보이는.
젊든 늙었든, 선량하든 악하든
작가만큼
서서히 힘겹게 죽어 가는 것은
없다.

에이즈 전

그때
수많은 여자에게 작업을 걸고
많은 여자를 꼬시길 잘했지.

여자를 뒤집고
쑤시고
박아 대고.

내 침대 밑을 장식한
숱한 하이힐은
1월의 창고 세일
같았다.

싸구려 호텔 방
술꾼들의 싸움
울리는 전화벨
쾅쾅거리는 벽.

나는
사납고 충혈된
눈에
불알이 크고

면도 안 한
가난뱅이
입이 거칠고
잘
웃었다.

나는 그들을 하나하나 꺾었다.
술집 의자는
농익은 자두
같았다.

더러운 이불
저질 위스키
고약한 숨
싸구려 시가
내일 아침은
될 대로 되라.

우울한 여자
미친 여자와
잠자리에 들 때면
지갑은 꼭

베개 밑에
넣었다.

로스앤젤레스에 있는
호텔 중 절반은
나를 내쳤다.

그때 수많은 여자에게 작업을 걸고
꽂고 박고 노래하길
잘했지.
그들 중 몇몇은
나와 함께 노래를 불렀다.
영광스러운
새벽 3시에.
경찰이 도착하면
참 볼 만했다.
우린 문을 막고
그들을
조롱했고
그들은 정오(퇴실 시간)까지
절대 기다려 주지
않고

우리를 체포했다.
우리 같은
조무라기를.

그냥 다 같이
술집에나 갈까
생각했건만.
정오 무렵 그 술집은
고즈넉하고 한적해
참 좋았다.
다시 시작하기
좋은 데였다.
조용히 맥주나 마시면서
건너편 공원을
거기 오리들을
거기 있는
키 큰 나무들을
바라보면
기운이 났다.

그래서
늘 개털이었지만

늘 어디서든 돈이 생겼고
다시 꽂고 박고 쑤시고
노래할 때를
기다렸다.
참 좋은 시절이었다
참으로 참으로 참으로
좋은 시절이었다
에이즈 전에는.

골칫덩이

니나는
꼴통 중의 꼴통
최악 중의
최악이었다.
중고 흑백 텔레비전 앞
의자에 앉아
뉴스를 보고 있는데
부엌에서
수상한 기척이 들려
부엌으로 달려가니
그 여자가 75밀리리터짜리
위스키 술병을
들고 있었다.
그녀는 그걸 가지고
뒤편 포치 문으로
향했지만
나는 그녀를 따라가
술병을 움켜쥐었다.
"술병 이리 내, 이
조까튼 잡년아!"
우리는 술병을 두고
몸싸움을 벌였다.

그래서 어찌 됐냐면
그녀는
술병을 차지하려
나를 상대로 잘
싸웠지만
나는 그것을
빼앗고는
썩 꺼지라
말했다.
그녀는 같은 건물
위층 뒤편에
살고 있었다.

나는 문을 잠그고
그 술병과 술잔을 하나
들고
소파로 가서
앉아
술병을 따고
한 잔
따랐다.

텔레비전을 끄고
앉아 있으려니
니나는 참으로
골칫거리라는
생각이 들었다.
그 여자가 내게 한
만행을
꼽자면
열 손가락으로도
모자랐다.

잡년 같으니.
골칫덩이가 따로 없었다.

그렇게 앉아
위스키를 마시자니
내가 지금 니나랑
무슨 짓을 하고 있나
싶었다.

그때 문을
두드리는

소리가 났다.
니나의 친구
헬가였다.

"니나 어딨어?"
그녀가 물었다.

"걔가 내 위스키를
슬쩍하려 해서
엉덩짝을 걷어차
내쫓았어."
"걔가 여기서
만나자고 했어."

"왜?"

"50달러 받고
당신 앞에서
같이 하자고
했거든."

"25달러."

"걘 50달러랬어."

"걘 여기
없잖아…… 한잔
할래?"

"좋아……"

나는 헬가에게 술잔을
주고 위스키를
따라 주었다.
그녀는 한 모금
마셨다.

"저기 말이야." 그녀가 말했다.
"니나를 데려와야
할까 봐."

"걘 꼴도 보기
싫어."

"왜?"

"잡년이야."

헬가는 술잔을
비웠고 나는 그녀의
잔을 채웠다.

그녀는 한 모금
마셨다.

"베니는 나를 잡년이라고
부르지만 난 잡년이
아니야."

베니는 그녀가
동거하는
남자였다.

"내 보기에 넌
잡년이 아냐, 헬가."

"고마워. 음악 좀
없어?"

"라디오뿐이야……"

그녀는 라디오를 보고는
일어나
라디오를
틀었다.
음악이 쏟아져
나왔다.

헬가는 춤추기
시작했고
손에는
위스키 술잔이
들려 있었다.
춤을 잘 추지는
못해
우스꽝스럽게
보였다.

그녀는 춤을 멈추고
술잔을 비웠고
술잔은 깔개 위를
구르다
나를 향해
굴러왔다.
그녀가 바닥에
무릎을 꿇더니
내 바지 지퍼를
내리고
엎드린 채
기교를 부렸다.

나는 내 술을
쏟는 바람에 다시
한 잔 따랐다.

그녀는
솜씨가 좋았다.
동부 어딘가의
대학
졸업장도

있었다.

"달려, 헬가,
달려!"

앞문을 쾅쾅
두드리는
소리가
났다.

"행크, 거기
헬가 있어?"

"누구?"

"헬가!"

"잠깐 기다려!"

"나 니나야, 여기서
헬가랑 만나기로
했단 말야, 너한테

깜짝 선물을
주려고!"

"내 위스키를
슬쩍하려던 잡년
주제에!"

"행크, 문 좀
열어 줘!"

"달려, 헬가,
달려!"

"행크!"

"헬가, 이 조까튼 잡년...
헬가! 헬가! 헬가!!"

나는 몸을 떼고
일어섰다.

"재 문 열어줘."

나는 침실로
들어갔다.

내가 나왔을 때
두 여자는 거기 앉아
술을 마시고
담배를 피우며
무슨 얘기를 하는지
깔깔거리다
나를 쳐다보았다.

"50달러 내." 니나가 말했다.

"25달러." 내가 말했다.

"그럼
안 해."

"그럼
하지 마."

니나는 숨을 들이켰다
내쉬었다.
"좋아, 이
짠돌이 개새끼, 25
달러!"

니나가 일어서서
옷을 벗기
시작했다.

그녀는
꼴통 중의
꼴통이었다.

헬가도 일어서서
옷을 벗기
시작했다.

나는 한 잔
따랐다.
"가끔
이게 무슨

지랄 발광인가
싶어."
내가 말했다.

"걱정 마요,
아저씨, 그냥
즐겨!"

"그냥
그러면
돼?"

"그냥
꼴리는 대로
하면
돼."
니나가 말했다.
그녀의 커다란 엉덩이가
불빛 속에
격렬하게
타올랐다.

시

헤아릴
수
없는

절망

불만

환멸을

겪어야
나오는
것이

한 줌의
좋은
시.

시는
말이지

아무나

쓰는
것도
아니지만

아무나

읽는
것도

아니라네.

저녁, 1933

밥을 먹을 때
아버지는
입술이 온통
기름투성이가
됐다.

아버지는 밥을 먹으면서
얼마나
맛있는지
말했지만
그 음식은
대부분의
사람들은
그리
좋아하지 않는
것들이었다.

아버지는
빵 조각으로
접시에 남은 것을
싹싹
훑어 먹곤 했는데

감사하는 마음으로
싹싹 접시 닦는
소리는
어쩐지 툴툴거리는
소리처럼
들리기도 했다.

아버지가
후루룩 후루룩
커피 마시는 소리는
거품이 이는 소리
같기도 했다.
그러고 나서 아버지는
컵을
내려놓았다.

“디저트는? 그거
젤로[1]인가?”

어머니는
큰 그릇에
그걸 가져왔고

아버지는
그걸 숟가락으로
떴다.

젤로가
철퍼덕
접시로 떨어지는
이상한 소리는
방구 소리
같기도
했다.

그 후
휘핑크림이 나와
젤로 위에
수북이
쌓였다.

"아! 젤로랑
휘핑크림!"

아버지가

숟가락에서
젤로와 휘핑크림을
후룩 흡입할 때는
바람굴로
빨려 들어가는
소리가
났다.

그걸 다
먹으면
아버지는
크고 하얀
냅킨으로
입가를
힘주어
둥그렇게
닦았고
냅킨이
아버지의 얼굴을
뒤덮다시피
했다.

그 후
카멜[2]
담배가
나왔다.
아버지는
나무로 된
부엌 성냥[3]으로
담뱃불을 붙이고
불이 붙은
성냥을
재떨이에
놓았다.

그러고는 커피를
후루룩 마신 후 컵을
내려놓고
카멜을 쭉
빨았다.

"아,
그것참
맛좋다!"

얼마 후
컴컴한
내 방
내 침대에서
나는
아까 먹은
음식과
아까 본
광경 때문에
속이
울렁거렸다.

그나마 위안이
된 것은
저기 어딘가
내가 속하지
않은
저기 어딘가
다른 세상에서
들려오는
귀뚜라미

소리
뿐이었다.

---

1 과일의 맛과 빛깔을 낸 디저트용 젤리.

2 1913년 레이놀즈 사가 생산하기 시작한 담배 상표.

3 가스레인지의 점화용으로 쓰이는 발화제 부분이 큰 성냥.

엄청난 행운

남녀 여럿이
저녁을 먹고
둘러앉아 있을 때
일이다.
어쩌다
화제는
PMS[1]로
흘러갔고
숙녀 한 명이
PMS의 치료법은
딱 하나
나이를 먹는
것뿐이라고
딱 잘라 말했다.
그 밖에 다른
얘기들은
다 잊어
버렸고
한 번 결혼했다
이혼한
독일인 손님의
말만

기억이 난다.
그가 사귀는
젊고 아름다운 여자들은
내가
본 것만도
여럿이었다.
그는
한동안
잠자코
듣기만 하다
우리에게 물었다.
"PMS가 뭐요?"

천사들이
보살피는
사람이
정말 있었다니.

그 빛이 어쩌나
찬란하던지
우리는 모두
고개를

돌렸다.

1 생리전 증후군, 월경이 시작되기 전 여성들이 겪는 두통이나 불안, 초조, 불면증 같은 증상.

하숙집

있는 거라고는 달랑
알전구 하나
남자 쉰여섯 명이
여러 간이침대에
다닥다닥 붙어
일제히
코를 골며
자는
하숙집에서
살아 보기 전까진
살아도 산 게
아니지.
어떤 놈들은
깊고
역겹고
희한한 소리를 내.
음침하고
축축하고
역겹고
짐승 같고
쌕쌕거리는
그 소리는

영락없는
지옥의
소리.

죽여주는
그 소리에
정신은
산산이
부서진다.

뒤섞인
냄새는
또 어떻고.
빨지 않은
뻣뻣한 양말
똥오줌에
전
속옷.

그 위로
천천히 휘도는
공기는

뚜껑 없는
쓰레기통
위
공기와
흡사하다.

그리고
어둠 속
몸뚱이들은

비대하고
빼빼하고
고부라졌다.

누구는
다리가 없고
누구는
팔이 없다.

누구는
정신이 없다.

무엇보다
나쁜 것은
총체적
희망의
부재.

그것은
그들을
뒤덮은
수의.

견딜 수 없는
수의.

그만
일어나

밖으로 나가서

거리를
서성이고

보도를
왔다
갔다

건물들을 지나고

모퉁이를
돌아

똑같은
거리를
되돌아
올라올 때

드는 생각은

이 남자들도
한때는
모두
아이였건만

도대체

어찌 된
일일까?

나는
어쩌다
이리된
걸까?

여기
바깥은
어둡고
춥구나.

기부

난 말이야
가끔
기분 전환 겸
서너 번
20분간
맞아 주기도 하지만
열에 아홉은
먹여.
한두 번
본능적으로
그러지 않을 때도
있지만
대개는
파고들어
먹이고야
말지.
나의
퀭한 눈
갈빗대에 딱 붙은
살가죽
멍하고 맛이 간
내 정신머리를

매번
떠올릴 수밖에
없지만.
난 한 번도
누구한테
뭘 부탁한 적
없어.
자존심 때문이
아니라
그저 그들을
존경하지
않았기 때문이야.
내 보기에 그들은
가치 있는 인간이
아니었어.
그들은
내 적이었고
지금도 적이라
여전히
파고들어
먹이고
있어.

기다리다

1930년대 중반 로스앤젤레스의 뜨거운 여름.
셋 중 하나 꼴로 공실이고
자동차와 연료가 있다면
기껏해야
오렌지 숲으로 드라이브를 나가던
시절.

1930년대 중반 로스앤젤레스의 뜨거운 여름.
사내라 하기엔 너무 어리고 소년이라 하기엔 너무
컸었다.

어려운 시절.
우리 집을 털려고 창문으로 기어드는
이웃 사람을
아버지가 발견하고
컴컴한 바닥에서
붙잡았다.
"이 써글 놈의
개새끼!"

"헨리, 헨리, 좀 놔줘,
좀 놔줘!"

"이 개새끼, 죽여
버리겠어!"

어머니는 경찰에 전화를 했다.

또 다른 이웃은 자기 집에 불을 질렀다
보험금을
타 먹으려고.
그는 조사를 받고
감옥에 갔다.

1930년대 중반 로스앤젤레스의 뜨거운 여름.
할 것도 없고 갈 데도 없고
밤에는 겁먹은 부모님의
이야기를 들었다.
"어떻게 하지? 어떻게
하지?"

"휴, 나도 모르겠어……"

골목을 배회하는 굶주린 개들

갈빗대를 덮은 팽팽한 살가죽, 군데군데 빠진 털
늘어진 혀, 슬픈 눈.
지구상 어떤 슬픔이 그보다 더
슬플 수 있나.

1930년대 중반 로스앤젤레스의 뜨거운 여름.
이웃집 남자들은 말이 없고
이웃집 여자들은 창백한
마네킹 같았다.

공원을 메운 사회주의자들
공산주의자들, 무정부주의자들이
공원 벤치 위에 올라 연설하고
주장했다.

태양은 파란 하늘을 가르며 떨어졌고
바다는 깨끗했고
우리는
사내도 소년도
아니었다.

개들에게 말라빠진 빵 부스러기를

먹이면
개들은 어리둥절한 눈을
반짝거리고
꼬랑지를 살랑거리며
고맙게
먹었다.

그때
2차 세계대전은 다가오고 있었다.
심지어 그때도
1930년대 중반 로스앤젤레스의 뜨거운 여름에도.

아침 풍경

아직도 기억나
뉴올리언스의 쥐들.
어스름한 이른 아침
변소 앞에서 차례를 기다릴 때면
발코니 난간에 나와 있던
쥐들.
커다란 놈 두세 마리는
꼭 있었다.
우두커니 앉아 있다 가끔
와락 움직인 후
가만 앉아 있었다.
나는 놈들을 쳐다보았고 놈들도 나를
쳐다보았다.
도무지 두려운 기색이라곤 없이.

변소 문이 열리면
꼴이 거기 쥐만도
못한
세입자 하나가
밖으로 나왔다.
그가 복도 저편으로
사라지면

나는 숙취를 데리고 아직
냄새가 나는 변소 안으로
들어갔다.

나와 보면
십중팔구
쥐들은 사라지고 없었는데.
햇빛이 들기 시작하면
놈들은 즉시
사라졌다.

그러면 나는
세상을 다 가진
기분으로
그렇게
통로를 걸어
박봉의
고달픈
일터로
들어갔는데
쥐들이 뇌리를 떠나지 않았다
어째서 저놈들이

나보다 더
잘 지내나 싶어서.

일터로 향할 때
태양은 뜨겁게 떠오르고
창녀들은 아기처럼
쌔근쌔근
잠들어 있었다.

손만 대면

찢어진 옷을 입고 뉴올리언스 하숙집에 살던
당신, 창고 직원의 영혼.
작은 초록색 왜건을 몰고 지나가는 당신에게
여점원들은 눈길 한 번 주지 않았다.
알량하고 고지식한 머리로 더 큰 게임을 꿈꾸던
그녀들.

로스앤젤레스 자동차 부품 창고에서 배송 일을 하다
퇴근해 엘리베이터를 타고 319호로 올라가면
아직 6시인데 여자는 술에 취해
뻗어 있었다.

여자 낚는 실력이 형편없어 걸리는 건 늘
떨거지, 미치광이, 술꾼, 약쟁이.
그들은 당신에게 전부였고
당신은 그들에게 전부였겠지.

술집에 가면 술꾼, 약쟁이, 미치광이 천지였다.
그들은 징 박힌 신발 안의 잘 빠진 발목만 보여 주면
당신을 낚을 수 있었고
당신은 존재의 의미를
　　발견한 양

침대에서 그들과 방아를
찧었다.

단추 모양 눈 배불뚝이 영업사원 래리가 통로를 따라
다가오는 날
이런 일도 있었다.
래리는 늘 가죽 창 신발을 신고 요란하게 걸었고
거의 늘 휘파람을 불었다.

그날따라 래리는 휘파람을 멈추고 당신이 일하는
배송 책상 앞에 서더니

습관대로 몸을 앞뒤로 흔들기 시작했다.
농담꾼 래리는 그렇게 서서 몸을 흔들며 당신을
빤히 쳐다보았다.
그러다 래리는 웃음을 터뜨렸고, 광란의 밤을 보낸 당신은
면도 안 한 얼굴, 찢어진 셔츠 차림이었다.

"무슨 일이야, 래리?" 하고 당신이 묻자

래리가 대답했다. "행크, 네가 손만 대면 죄다 똥이 돼!"

딱히 반박할 말이 없었다.

세차

차에서 내렸을 때 남자가 "어서 오시게!" 하며
내게 다가왔다. 우리는 악수를 나누었고, 그는 내게
무료 세차권 두 장을 건넸다. 나는 그에게
"이따 보자고." 하고는 아내와 같이 대기 장소로
걸어갔다. 우리는 바깥 벤치에 앉았다.
흑인 남자가 절룩절룩 다가와 말했다.
"어이, 형씨, 안녕하신가?"
"잘 지내요, 댁은 어떻소?" 하고 내가 대거리하자
"그럭저럭." 하고는 캐딜락을 닦으러
걸어갔다.
"아는 사람들이야?" 아내가 물었다.
"아니."
"그럼 왜 당신한테 말 걸어?"
"날 좋아하니까, 사람들은 항상 나를 좋아해.
내가 진 십자가인 셈이지."
우리 차의 세차가 끝나고 세차원이 나를 향해
걸레를 흔들었다. 우리는 일어서서 차로 갔다.
나는 남자에게 1달러를 주었고 우리는 차에 탔다.
시동을 걸었을 때 거기 반장이 우리에게 다가왔다.
가무잡잡한 덩치, 엄청난 덩치였다. 그는 활짝
웃는 얼굴로 말했다. "아이고, 반가워요,
형씨!"

나도 웃으며 대꾸했다. "고맙소, 하지만 여기 주인공은 당신이지!"
나는 차를 빼 차량 행렬로 들어갔다. "아는 사람들 맞네 뭐." 아내가 말했다.
"당연하지." 내가 말했다. "예전에 갔던 데야."

승산

주차장 보조원 바비는 재밌는 녀석이었다.
입담이 좋고 잘 웃는 데다 수완도 좋은
별난 놈이라
가끔 기분이 처질 때
바비의 얘기를 듣고 나면
기운이 났다.

3주째 바비가 보이지 않길래
사람들에게 물어봤지만
그들은 아는 것도 없고
말주변도 없었다.

그러다 오늘 차를 몰고 들어가니
바비가 있었다. 구깃한 유니폼 차림으로
다른 사람들이 일하는 동안 우두커니
서 있었다.

나는 그에게 다가가 그가 나를 알아보는
눈치기에 말을 걸었다. "여기까지
차를 몰고 오느라 전쟁을 치렀어,
세 시간이나 걸렸다니까!"

그는 웃지도 않았고 별안간 뚱보가
된 데다 허리띠도 풀려 있었다.
나는 그의 허리띠를 채워 주었다.
사흘은 면도를 거른 텁수룩한 수염
희끗희끗한 머리, 주름진 얼굴
썰물에 쓸려 가는 눈동자,
그는
3주 만에 20년은
늙어 보였다.

"만나니 반갑군, 바비."

"네, 근데 여긴 언제
사실 겁니까?"

거기 경마장을 두고 하는
말이었다.

나는 주차장을 가로질러 경마장 안으로
들어가 에스컬레이터를 타고
꼭대기 층으로 올라가
가판대로 갔다.

베티가 나를 보고 커피를 한 잔
따라 주었다.

"오늘 한탕 할 각오는 되어 있죠?"
그녀가 물었다.

"어떤 날이 되든 각오는
되어 있죠."

"따러 온 거
아니에요?"

"잃지 않으러
온 거요."

나는 커피를 들고 전광판 맞은편
자리로 갔다.
아니나 다를까, 앉다가
뜨거운 커피를
손에
쏟고 말았다.

“써글.” 나는 말했다.

그날은 그렇게
흘러갔다.

시 공모전

원하는 만큼 시를 보내 주세요, 단
각각의 시는 열 줄이 넘지 않아야 합니다.
양식이나 내용은 제한이 없으나
우리는 확신에 찬 시를
선호합니다.
한 줄씩 띄우시고
좌측 상단 구석에
성명과 주소를
적으세요.
반송 봉투 없는
원고는
편집자들이 책임지지 않습니다.
최대한
90일 내
심사를 끝내도록
노력하겠습니다.
책임 편집자
꼬장꼬장 나변덕 선생이
신중한 선별 작업을 거쳐
최종 결정을 내릴 것입니다.
제출하는 시
한 편당

참가비 10달러를 동봉하세요.
꼬장꼬장 나변덕 문학상
시 공모전
영예의 대상
수상자는
상금 75달러와 함께
꼬장꼬장 나변덕의
친필 사인이 있는
양피지가 부상으로
수여됩니다.
물론 2등, 3등, 4등 수상자들의
양피지에도
꼬장꼬장 나변덕의
친필 사인이 있습니다.
모든 결정은
번복되지 않습니다.
수상자들은
《천국의 심장》 봄 호에
게재될 것입니다.
또한 수상자들에게는 부상으로
잡지 한 부와
꼬장꼬장 나변덕의

최근 시집
『겨울이 죽은
곳』이
제공됩니다.

평화

카페 안 구석
자리에
중년 커플이
앉는다.
그들은 식사를
마치고
맥주를 한 병씩
마신다.
시간은 저녁 9시.
여자는 담배를
피운다.
남자가 뭐라 말하고
여자는 고개를 끄덕인다.
여자가 말을 한다.
남자가 씩 웃으며 손을
움직인다.
그들은
침묵한다.
그들의 자리 옆
블라인드 틈새로
붉은 네온 빛이
깜빡깜빡

명멸한다.

전쟁은 없다.
지옥은 없다.

남자는 맥주병을
들어 올린다.
초록색이다.
남자는 병을 입에 가져가
기울인다.

그것은 화관이다.

여자가 오른 팔꿈치를
탁자에 대고
엄지손가락과
집게손가락
사이에
담배를
끼우고
남자를
바라볼 때

밤이 내린
바깥 거리는
꽃을
피운다.

2부

너무 오래 살면 필요한 게 시간만은 아니지

소멸

관자놀이를 향해 미끄러지는
권총의 활강
북쪽으로 날아가는
새들의 비행
철컥
안전장치
풀리는 소리
달에 가려지는
태양
뭔가 대차게 닫히는
소리라고,
이 양반아.

교체

잭 런던[1]은 평생 술꾼으로
기이하고 영웅적인 남자들의 이야기를 썼고
유진 오닐[2]은 고주망태로
음울하고 시적인 작품을
썼다.

현대 문인들은
넥타이와 양복 차림으로
대학에서 강의하고
젊은 남자들은 학구열과 맨정신으로
젊은 여자들은 초롱초롱한 눈으로
위쪽을
올려다본다.
잔디는 너무 파릇하고 책은 너무 따분하고
삶은 목마름에
죽어 간다.

---

1 잭 런던. 1876-1916. 미국의 소설가. 초인적인 선장에 관한 이야기인 「바다의 이리」와 자전적 소설인 「마틴 이든」 등을 썼다.

2 유진 오닐. 1888-1953. 표현주의적인 희극 작품, 특히 잠재의식을 연극화했으며 「수평선 너머로」, 「안나 크리스티」 등을 썼다.

어떤 천재

자기가 누구인지 가끔 잊는
이 남자.
자신을 교황으로 생각하는가
하면

쫓기는 토끼라 생각하고
침대 밑으로
숨기도
한다.

그러다
별안간
정신을 바짝
차리고
예술 작품을
창작하기
시작한다.

그렇게
한동안
잘 지낸다.

가령
아내랑
사람들 서넛과
앉아
이런저런 얘기를
나누는
것이다.

매력적이고
예리하고
독창적으로.

그러다
이상한 짓을
한다.
가령
일어나
지퍼를 내리고
깔개 위에
오줌을
누는
것이다.

한번은
종이 냅킨을
먹기도 했다.

저번엔
차를
타고
식료품점까지
내내
후진을
했다가
돌아와
또다시
후진하는 바람에
다른 운전자들이
그에게
고함을 질렀지만
그는
그렇게
갔다가
오기를

반복하는
동안
사고를
내지도
순찰차에
걸려
저지를
당하지도
않았다.

하지만 그의 대표작은
뭐니 뭐니 해도
교황 행세.
라틴어
역시
대단히
훌륭하다.

그의
예술 작품은
그다지
탁월하지

않지만
그는
그 덕에
먹고살면서
마누라를
연신 갈아 치운다
열아홉 살짜리로만.
마누라는
그의 머리카락과
발톱을
잘라 주고
이불을 덮어 주고
술과
밥을
차려 준다.

모두 그에게
쪽쪽 빨리는데
본인만
씽씽하다.

뉴욕의 시인

오늘 밤은 혼자 테이블을
차지하고 외식을 한다.
주문한 것을 기다리며
아내가 쓴 「뉴욕의 시인」을
꺼내 든다.
종종 읽을거리를 휴대하면
사람들을 쳐다보지 않아도
된다.

이 시들은 별로다(내가 보기엔)
1929년 주식시장이
폭락한 해에
쓰인 시들이다.

주문한 것들이 나왔다.
음식도 별로다.

혹자는 나쁜 일과 좋은 일은
연달아 일어난다고 한다.

정말 그랬으면 좋겠다.
좋은 일을 기다리며 레몬 치킨

한 조각을 입에 넣고
씹는다.
모든 게 잘 풀리고
있는 듯
그렇게.

판매 부진

술집에 그냥 앉아 있었어
고주망태가 되어 가지고.

크리스마스를 일주일 앞둔
날이었지.
밖에서 트리를 팔던
덩치 에드가

술집 안으로
들어왔다.

"휴, 밖에 엄청
추워!"

덩치 에드는 나를 쳐다봤다.

"행크, 네가 좀 나가서 트리 옆에
서 있어 줘.
살 사람이 있으면
들어와서 나를
불러."

나는 밖에 서 있었다.

셔츠 차림으로.
외투는 없었다.
눈이 내리고
몹시 추웠지만
상쾌한
추위였다.
익숙하지 않은 눈이 그날따라
마음에 들었다.

나는 트리와 함께 서 있었다.

그렇게 20분쯤
서 있는데

덩치 에드가 밖으로
나왔다.

"아무도 안 왔어?"

"응, 에드."

"들어가서 빌리 보이에게
술 한 잔 달라고 해, 내 앞으로
달아 놓고."

나는 안에 들어가
스툴에 앉고는

빌리 보이에게 말했다.
"더블 스카치 한 잔이랑 물.
에드 앞으로 달아 둬."

빌리 보이가 술을 따랐다.

"트리 좀 팔았어?"

"전혀."

빌리 보이가 손님들을
쳐다보았다.

"이보게들, 행크가 트리를
하나도 못 팔았대."

"어떻게 된 거야, 행크?"
누군가 물었다.

나는 대답하지 않고
술을 조금
홀짝거렸다.

"아니 어떻게 트리를 하나도
못 팔아?" 또 다른 누군가가
물었다.

"구질구질한 시절에도
벌이 꿀에 꼬이고
밤이 낮을 따르듯
다 풀리게
되어 있어."

"풀리긴 뭐가?"

"누군가는 트리를 하나 팔겠지
그게 꼭 나일 거라는 보장은
없지만."

나는 술을 다 마셨다.

정적이
감돌았다.

그때 누군가가 말했다.
"이 친구 좀
정상이 아니군."

거기서
그들과
있는 주제에
이러쿵저러쿵
따지면
뭐하겠나
싶었다.

이것은

서로 잘난 척 띄워 주러 모인
유명 인사들의
자축성(自祝性) 개소리.

대체
진실한 것들은
어디 있는가.

무슨
거대한 동굴에
꽁꽁 숨겨 놓았길래.

재능이라곤
쥐뿔도 없는 자들이
칭송을 받는
현실.

바보들은 또
번번이
속는
현실.

진실한
것들은
어디 있는가.

진실한 것들이
있기나 한가.

이
자축성 개소리는
수십 년간
지속되어 왔다.
간혹 예외적으로

수세기씩 계속되기도 한다.

이것은
너무 따분하고
너무 몰인정하다.

속을
뒤집어 놓다 못해
짓이겨 놓고

희망의 씨를 말린다.

가림막을
올린다거나
신발을
신는다거나
거리를 걷는
것과 같은
사소한
일조차

못하게
지긋지긋하게
만든다.

유명 인사들이
서로 잘난 척
띄워 주러
모이는
현실.

바보들은 또

번번이
속는
현실.

인류
이 역겨운
후레자식아.

지금

세월 따라 흘러흘러
여기까지 왔다.
시절이 가는 동안
진짜 악질 한 번
안 만났고
진짜 별종 한 번
안 만났고
진짜 호인 한 번
안 만났다.

세월 따라 흘러흘러

그 시절은 간데없고

최악의 아침을 맞이했구나.

오류

기나긴
경마장 전투에서
승리하고
돌아온 투사에게

그녀는 쓰레기봉투부터
안긴다.
나는 그걸 들고 가
쓰레기통 안에
던져 넣는다.

“아유, 참 내.” 아내가 말한다.
“뚜껑 꽉 닫아야지!
개미
꼬이잖아!”

나는 뚜껑을 꽉 닫는다.

그리고 암스테르담을 생각한다.
지붕에서 날아가는 비둘기를
생각한다.
클립에 매달린

시간 영감[1]을
생각한다.

물론, 그녀 말이 옳다. 뚜껑은
꽉
닫아야지.

나는 천천히 다시
집
안으로
들어간다.

---

1 시간을 의인화한 존재. 날개가 달리고 턱수염이 길며 큰 낫과 모래시계를 든 노인의 모습이다.

강도

이렇게 끝나나
난감하다
엉뚱한 뒷골목에서 강도나 당하고.
암울한 낮과 밤의 연속
불친절한 정오의 연속
재수 없는 여자들을
전전하는 처지.

나는
끝났다. 나를 뒤집어
바로 눕히고
포장해
노르망디의 새들이나
산타 모니카 갈매기에게
던져 다오. 나는
더 이상
책을 읽지
않는다
더 이상
번식하지
않는다
적막한 울타리 너머로

영감들과 얘기할 뿐.

나의 자살은
단일체들과
합체가 되려나? 왜냐하면
전화하다 케루악[1]과 아는 사이냐는
질문을 받았거든.

이젠 고속도로에서 추월당해도 그만이다.
주먹다짐은 15년 전 일.
밤에는 세 번이나 일어나 오줌을 눠야 한다.

거리에서 섹시한 여자를 보면
귀찮다는 생각부터
든다.

나는
끝났다, 고리타분한 인간으로 복귀해
홀로 술을 마시고 클래식 음악을
듣는다.

죽음의 문턱이 코앞이고

호랑이가 꿈자리를 활보한다.

입에 문 담배에 막 불이 붙었다.

흥미로운 일들은 여전히
일어나는군.

아니, 나는 케루악과 아는 사이가 아니었다.

보다시피
내 삶도
아주 쓸모가
없지는
않았다.

---

1 잭 케루악. 1922-1969. 앨런 긴즈버그, 윌리엄 버로스, 닐 캐서디 등과 교류하며 비트 문학을 주도했던 미국의 소설가. 생전 언더그라운드의 유명 인사로 명성을 날리다 마흔아홉 살의 나이에 알코올성 내출혈로 사망했다. 사후 그의 문학적 위상은 더욱 높아졌다.

작가

작가가 되려고 인내해야 했던 것들을
생각해 본다. 여러 도시의 방들,
쥐도 아사할
음식 찌꺼기로
연명하던 일.

피골이 상접해 어깨뼈로 빵도 자를
지경인데 자를 빵이 있어야
말이지……
그 와중에도 종이에
끄적이고 또
끄적였다.

여기서 저기로 이사를
할 때면
마분지 여행 가방 하나면
족했다. 겉도 종이요 안에 든 것도
종이.

집주인 여자들은 하나같이
같은 걸 물었다. "무슨 일
하세요?"

"작가입니다."

"어머나……"

글발을 세워 보겠다고 콧구멍만 한
방 안에 틀어박히면
많은 이들이 딱하게 여기며
사과, 호두, 복숭아 같은 간식거리를
주었다……
내가 먹는 거라곤
그게 전부일 거라는
생각은
못했겠지.

하지만 내 방에서 싸구려 와인 병들이
발각되는 순간 그들의 연민은
사라졌다.

배고픈 작가는
괜찮아도
배고픈 작가가 술을 마시는 건

괜찮지 않았다.
술은 어떤 경우에도 용납되지
않았다.

세상이 순식간에 옥죄어
올 때
와인 한 병은 꽤 쓸 만한 친구가
되는데도.

아. 그 집주인 여자들
대부분 뚱뚱하고 느렸고 남편은
오래전에 죽고 없었다.
그 여자들이 자신의 왕국 계단을
오르내리는 소리가 지금도
귀에 선하다.

그들은 내 존재를 지배했다.
방세가 일주일만 밀려도
들들 볶아 대서
가끔은
거리에서 지내야
했는데

거리에서는
글을 쓸 수 없었다.
방 하나, 문 하나, 벽들을
갖추는 게
몹시
중요했다.

아, 그 침대에서 맞이한
암울한 아침들.
그들의 발소리에 귀를 세우고
그들의 기침 소리에 귀를 세우고
그들이 변기 물 내리는 소리를
듣고, 그들이 요리하는 냄새를
맡으며
뉴욕시와 세상에 선보일
글 몇 줄이 떠오르기를
기다렸다.
바깥 세상에 계시는
배우고 똑똑하고 고상하고
끼리끼리 교배하고 격식을 따지고
팔자 늘어진 분들에게

선보일 글이었다.

거절을 할 때도
뜸을 들이는 분들이지.

그래, 그 암울한 침대에서
집주인 여자가 부스럭대고
딸그락대고 기웃대고 칼날 가는
소리를 듣고 있노라면
나만의 특별한
방식으로
내가 하려는 말을
알아주지 않는
바깥 세상 편집자들과
출판업자들이
종종 떠올랐다.

그들이 틀린 거라는
생각이 들었다.

그리고 몹시 빼아픈
생각이 뒤를

따랐다

내가 바보일지
모른다는.

작가라면 거의 누구나
자기 글이 특별하다고
생각한다는.

그것은
흔한 일이다.

바보가 되는 건
흔한 일이다.

그 순간 나는
침대에서 일어나
종이를
찾아
다시
쓰기
시작했다.

사람들은 우리처럼 먹지 않는다

아버지가 밥을 먹고 있었다.

아버지의 귀가 움직거렸다.

아버지가 맹렬히 씹어댔다.

아버지란 인간, 지옥에나 가 버렸으면.

나는 아버지 손에 들린 포크가 움직이는 걸 바라보았다.
포크가 아버지의 입에 음식을 퍼 넣는 걸 바라보았다.

내가 먹는 음식은 맛도 없고 영양가도 없었다.
조각난 아버지의 말들이 내 머릿속을 비집고 들어와
척추를 타고 신발 속으로
줄줄 흘러내렸다.

"네 꺼 다 먹어라, 헨리." 어머니가 말했다.

아버지가 말했다. "굶는 사람들 천지야, 우리처럼 잘 먹는 줄
아느냐!"

아버지란 인간, 지옥에나 가 버렸으면.

나는 아버지의 포크를 바라보았다.
포크가 덩어리를 긁어모아 아버지 입에 넣었다.
아버지는 개처럼 씹었다.
아버지의 귀가 움직거렸다.

아버지의 모진 매질은 각오한 일이었지만
아버지가 먹는 걸 지켜보려니 세상이 칙칙했다.
식탁보도 칙칙
초록색과 파란색의 나무 냅킨 홀더도 칙칙.

"얼른 먹어, 가죽 띠로 처맞기 전에." 아버지가 내게 말했다.

나중에 아버지에게 조금 갚아 주긴 했지만
아버지는 아직 내게 빚이 있다.

영영 받지 못할 빚.

이보게들

지옥이 건설됐어
차곡차곡
차근차근
당신
주변에.
졸속이
아니라
점진적으로.

우리 손으로
우리의 불지옥을
짓고는
남 탓을
하지.

하지만 지옥은
지옥.

생지옥도
지옥.

내 지옥과

당신의
지옥.

우리의
지옥.

지옥, 지옥
지옥.

지옥의
노래.

당신이
신발을
신는
이 아침은
지옥.

첫 숨에 산산조각

남은 날들은 부족한데
이른 아침 햇살에
난간이 반짝인다.

우린 꿈에서조차
쉴 수 없을 거야.

이제 해야 할 일은
조각난 순간들을
다시 맞추는 것.

생존이 승리처럼
느껴질 때
행운은
가냘프다

죽음을 향한 혈류보다 더
가냘프다.

인생은 서글픈 노래.
너무 많은 목소리가
들려오고

너무 많은 얼굴
너무 많은 몸뚱이가
보인다.

최악은 그 얼굴들.
그것은 아무도 이해 못 할
질펀한 농담.

당신의 두개골 안에는
야만적이고 무의미한 날들뿐.
현실은 즙이 없는
오렌지.

계획도 없고
탈출구도 없고
신성함도 없고
기뻐하는
참새도 없구나.

우리의 인생이 그 무엇에 비견될 수 있으랴,
그래서 전망이
난망한 게지.

우리의 용기는 비교적
부족한 적은
없었으나

승산은
최고일 때도
요원했고
최저일 때는
철벽이었다.

최악은
우리가 그걸
허비한 게 아니라
그것이 우리에게
허비되었다는
것.

자궁에서
나와
빛과
어둠에

간혀

찌들고 무감각한 상태로

말로 못 할 고통의 온대 안에
홀로 있는 꼴일세.

지금

남은 날들은 부족한데
이른 아침 햇살에
난간이 반짝인다.

엘비스는 살아 있다

소년은 버스를 타고
그레이스랜드 맨션[1]에
구경을 가려 했지만

마침
그레이하운드 라인스[2]가
파업 중이었다.

버스 터미널에는
직원이 달랑 둘
두 개 노선만 운행 중이라
쉰 명에서 예순다섯 명가량이
길게 늘어서
있었다.

두 시간쯤 줄을 선 끝에
소년은
직원에게
네가 타려는 버스는
대체할 운전기사가
도착하는 대로 떠날 거라는
말을 들었다.

"그게 언제인데요?"
소년이 물었다.

"그건
모르겠구나."
직원이 대답했다.

그날 밤
소년은 바닥에서 잠을 잤지만
다음 날 아침
9시가 되어도
대체할 운전기사는
도착하지
않았다.

소년은 화장실에
가기 위해
또 줄을 서서
기다려야 했다.

마침내 칸막이 안으로

들어간 소년은 조심스레
변기에
종이 위생 커버를
깔고는
바지와
팬티를
내리고
변기에
앉았다.

다행히
소년에게는
연필이 있었다.

얼룩덜룩
정신없는
낙서와 그림 틈에서
소년은
깨끗한 자리를
찾아내

아주

신중하게
그리고
진하게
벽에 썼다.

하트브레이크 호텔[3]

쓰고 나서 소년은
첫 놈을
떨구었다.

1 테네시주 멤피스에 위치한 엘비스 프레슬리의 집.

2 북미 전역에 걸쳐 노선을 운행하는 버스 회사.

3 1956년 엘비스가 발표한 싱글곡.

내 친구 경마장 주차원

이성이 좀체 호응하지 않는
어느 뜨거운 일요일에
탐욕스런 얼굴들에 둘러싸여
아홉 번의 긴 레이스를 치르며
또 하루를 죽이고는
신발 끈을 덜렁대며 밖으로 나갔을 때(정말이지
이끼 낀 동굴에 틀어박혀
만화책으로
곤죽이 된 두뇌를
대놓고 단순하게
달래고픈 심정이었다.)
내 친구 주차원이 차에 올라타
8년 된 엔진을 가동한 후 차 밖으로
뛰어내렸다.
"좀 어땠어?"
"급소를 차인 기분이야, 프랭크
이제 그만 백기를 흔들어야
할까 봐."
"안 돼, 당신은
내 대장이란 말이야!"
"당신 더 분발해야겠어,
프랭크……"

나는 차에 타고 안전벨트를 매고 나서
운전용 선글라스를 썼다……

“저기.” 하고 그가 차창 속으로
머리를 디밀고는 말했다. “같이 나가 진탕 퍼마시면서
놈팡이들 걷어차 주고 여자나
꼬셔 볼까!”

나는 그에게 말했다. “생각해 볼게.”

차를 뺄 때 백미러로 그가 보였다.
그는 내게 중지를 들어 보였다.

일고여덟 시간 만에 처음으로
웃음이 나왔다.

이보게, 당신들

반지르르한 머저리들
시인들
알량한 두루마리를
끼고
본인의
지식을
뽐내느라
정신없구려.
꽃길을 걸어
열반으로
가는
중이라고
철석같이
믿나 본데

당신들은
인류의
말랑한 혹 덩어리

또 다른
가짜들을
베낀

가짜

아직도
어머니의
치마 폭에
싸여 있는
당신들

한 번도
짐승과
거래한 적
없는
당신들

제대로
지옥의 쓴맛을
본 적도
없고

자신의
밑바닥을
본 적도

없고

홀로
면도날 같은
벽을
대면한 적도
없잖아

당신들
알량한 두루마리를
든
반지르르한 머저리들

아는 것
하나
없고

돌아다닌 데
하나
없네

당신들의

삶
당신들의
죽음
당신들의
알량한
두루마리 모두

빈껍데기

역겨워

게다가

돼지
엉덩이에
난
사마귀
만큼이나

현실성도
바닥이야

주변이
등 돌린
당신들

안
녕.

불씨

하금 노동자로 살 때는 단 한 순간도
분노가 가신 적 없었다. 늘
머리가 아프고 속이 쓰리고 어지럽고
미칠 것 같았다. 왜 내 삶을 스스로
도살해야 하는지 이해할 수 없었다.
지루하고 몰지각한 노동뿐 아니라
괴로운 기색 하나 없고
심지어 만족한 듯 보이는
많은 동료들 때문에
환장할 지경이었다.

노동자들은 굴복했다.
노동은 그들을 무용지물로 파괴했고
그들은 단물을 빨리고 내쳐졌다.

나는 매 순간 분노했다. 매 순간 내 시간은
도륙당했고
아무것도 단조로움을 달래 주지 않았다.

자살을 생각했다.
한 줌의 여가 시간을 술로 보냈다.

긴 세월 노동을 했다.

최악의 여자들과 같이 살았고
노동을 견디고 살아남은 것들은
그녀들 손에 죽어 갔다.

나는 죽어 가고 있었다.
내면의 무엇이 속삭였다, 저지르라고, 죽으라고, 잠들라고
그들처럼 되라고, 받아들이라고.

내면의 또 다른 무엇이 속삭였다, 안 돼
가장 작은 조각을 살려 봐.
많이도 필요 없어, 그냥 불씨만 살려 둬.
불씨 하나가
숲 전체를 태울 수 있어.
그냥 불씨 하나만.
그걸 살려 둬.

해낸 것 같다.
다행히도.
참 우라지게 복도
많지.

인상학

오래전 세월 따라 흘러간 얼굴들
잿빛 얼굴, 하얀 얼굴, 검은 얼굴, 갈색 얼굴.
눈동자들, 온갖 색깔의 눈동자들.
눈은 참 야릇하지. 나는 한 여자와 살고 있다. 한 명만
있었던 건 아니고. 섹스도 괜찮고 말도 그럭저럭 통해서
가끔 이런 게 사랑일까
싶었는데
문득 그 눈을 보았더니 그 안에
악취 나는 지옥의 음습한 벽이
있었다.

(물론, 가끔은 내 눈과 내 입술, 내 머리카락, 내 귀를
볼 필요가 없어서
좋긴 하다.
난 고의로 일관되게 거울을
피하고 있다.)

오래전 세월 따라 흘러간 그 남자.
피자를 닮은 얼굴에 퉁퉁하고 다부진 남자.
철도역 구내에서 그가 다가왔을 때
나는 비위가 상했다.
그 퉁퉁한 면상에 속이 울렁거리고

그의 말에 내 정신머리는 외출해 버렸다.
“급료 날만 목 빠지게 기다려요.
물소가 울부짖도록
이 니켈 동전[1]을 쥐어짜고 있소.”
그는 내게 동전을 보여 주었다.
나는 괴로운 데다 맥주도 없어서
그의 옆을 떠났다.
환한 조명처럼 창백한 얼굴로
그의 옆을 떠나
십중팔구 나를 싫어할
백인들의 얼굴로 향했다.

오래전 세월 따라 흘러간 집주인 여자들의 얼굴
운이 다해 시든 라일락 같던 분칠한 얼굴들
오래전 남편을 떠나 보낸 사랑스러운 낡은 인형들.
여자를 따라 쪽방을 향해 100년은 족히 된 계단을
오를 때면 잠시 움츠렸던 고통이 다시 고개를 들었다.
나는 매번 말했다. “아, 아주 멋진 방이군요……”
방값을 내고 문을 닫고 옷을 벗고 침대에 누워
전등을 끄면(항상 초저녁이었다) 어김없이
똑같은 소리가 들려왔다.
오랜 벗들의 기척. 바퀴벌레 아니면

새앙쥐 아니면 시궁쥐.

오래전 세월 따라 흘러간 아이네즈가 궁금하다.
아이린도. 그들의 하늘색 눈동자도. 그들의 늘씬한
다리와 가슴도.
하지만 가장 궁금한 건
그들의 얼굴, 신이 빚어낸
대리석 조각 같은
얼굴들.
아이네즈와 아이린은 내 앞에 앉아
두 점의 최단거리 같은 대수학이나
베르사유 조약, 훈족의 아틸라[2] 같은 것들을
배웠다.
나는 그애들을 바라보며 궁금해했다.
쟤들은 대체 무슨 생각을
하고 있을까?
별 생각
안 했을 테지.
50년하고도 2년이 흐른 오늘 밤
그애들, 그 얼굴들은
지금 어디에 있을까?
뼈를 덮은 피부, 웃음기 어린 눈.

얼른 불을 끄고 어둠이
춤추게 하자……

여태 보았던 가장 아름다운 얼굴은
신문팔이, 오래전 세월 따라 흘러간
한 영감의 얼굴이다.
베벌리와 버몬트의 가판대 뒤에 앉아 있는
그의 머리와 얼굴을 보면 사람들이 왜 그를
개구리 인간이라 부르는지 알 만했다.
나는 그를 자주 보았지만
말을 섞지는 않았다.
개구리 인간은 별안간 죽어
사라졌지만
영원히 내 기억에 남을 것이다.
어느 날 밤
근처 술집에서 나왔을 때
그가 가판대 뒤에 앉아서
나를 보며 말했다. "댁이나 나나
아는 건 똑같아."

내가 고개를 끄덕이고 양쪽 엄지를 들어 보이니
커다란 개구리 얼굴이, 커다란 머리가

달빛 속에서 올라오더니 웃기 시작했다.
그렇게 끔찍하고 실감 나는 웃음은
난생처음이었다.

오래전 세월 따라 흘러갔지만.

1 5센트 동전. 1913년부터 1938년 사이 발행한 5센트 동전 앞뒤에는 각각 인디언과 버팔로 물소가 새겨 있었다.

2 406?-453. 훈족의 왕. 카스피해로부터 라인강에 이르는 대제국을 건설했다.

승리

여태 무얼 거래하고
무얼
지켜 왔길래
시간이란
놈들이
압박해 올 때
우리가
빼앗길 만한
것이
그저
목숨뿐인가.

에드워드 스브라지아

세상이 들이치는 물가에서 조그만 꽁초를
빼끔거리다
무감각한 입술을
데고는
만프레드 폰 리히트호펜[1]과
그의
비행대대를
생각한다.

내 고양이가 욕실 창문에 앉을 때
나는 새 꽁초에 불을
붙이고

노르웨이가 윙크하고
지옥의 개들이 나를 위해 기도할 때

내 아내는 아래층에서
이탈리아어를
공부하고

나는
여기 위층에서

맛난 담배 한 모금 빨 수 있다면
한쪽 엉덩이도 내줄 판인데……

재채기를 하고는
펄쩍
뛴다.
내 하얗디하얀 배에
빨간 불똥 하나가
떨어졌다.
손가락으로
불똥을 파낸다.
이런 사소한
고통쯤이야.

벌거벗고 타자를 치니
작은 분홍빛 점이 찍힌
시무룩한 내 영혼이
보인다.

보다시피 나는 여기 위층에서
내 연극을 이어 간다.
라스베이거스나 케이블 텔레비전은 필요치

않다.
와인 병에 붙은 라벨에 이런
글이 있다.

“우리 와인 제조업자 에드워드 스브라지아는
피노 누아[2]와 나파 가메[3] 포도의 신선함과 과일 향을
보존해 왔습니다……”

지옥의 개들이 나를 위해 기도할 때
세상이 물가로
들이친다.

---

1 1차 세계대전 때 붉은 남작으로 불렸던 독일의 전투기 조종사. 적기 80대를 격추한 것으로 유명했다.

2 프랑스 부르고뉴 지방이 원산지인 신맛이 강한 고급 와인 품종.

3 순한 과일 향의 프랑스 와인 품종.

케이지 안을 배회하다

아버지의 그림자에 붙잡혀
맥없는 추측으로 시간을 보내자니 죽을 맛이다.
카페 밖 인도는
종일 외롭군.

나를 쳐다보는 내 고양이가 저놈 뭐지 하는 눈치고
그걸 쳐다보는 나도 저놈 뭐지
싶어
재밌다……

40년 전 유명 잡지 기사 두 편을 읽어 보니
당시 별로였던 글은
역시
지금 봐도
별로다.

이 작가들은 모두 살아남지 못했다.

가끔은 어딘가에서
이상한 정의가
실현되고는 한다.

가끔은
아니기도 하고……

중학교는 앞으로 다가올 기나긴 지옥의
첫 예고편이었다.
부모님 못지않은 끔찍한 존재들과의
조우.

상상조차 못했던
일들……

학사 장교 때 총기 조작법으로
상을 탔지만
타든 말든
관심 없었다.
아무것도 관심 없었다,
여자조차 시시한 게임 같아
쫓을 마음이 들지 않았다
하찮은 데 목숨 걸기 싫었다.

밤에 가끔씩 잠들기 전에
뭐 하며 살까, 무엇이 될까

생각했다.
은행 강도, 술꾼, 거렁뱅이, 머저리, 평범한
노동자.

내가 정박한 곳은 평범한 머저리 노동자.
그나마 다른 대안보다 편할 것
같아서……

죽도록 굶주릴 때 좋은 건
마침내 음식을
먹게 되면
세상에 그리 아름답고 맛있고 마법 같은 일은
또 없다는 것이다.

평생 하루 세 끼 꼬박꼬박 먹는 자들은
절대 모르지
음식의
참맛을……

사람들은 참 이상해, 사소한 일에는 늘
발끈하면서
정작

삶을 낭비하는
큰 문제는
잘 모르니
말이지……

알고 보니 작가들은 대부분
편을 갈랐다.
학파, 기득권, 이론이라는 게
있었다.
무리를 이뤄 서로
싸웠다.
문단 내 정치가 있었다.
순응과 씁쓸함이
있었다.

글쓰기란 혼자 하는 일인 줄
알았는데.

그 생각은 변함이 없지만……

동물은 천국이냐 지옥이냐
걱정하지 않는다.

그건 나도
그렇다.

그래서 우리가
사이가
좋은 거겠지……

외로운 사람들이 다가오면 나는
다른 이들이 왜 그들을 떠났는지
그 이유를 금세
알게 된다.

혼자 남는 것은
내겐
축복인데

그들에겐
공포……

셀린,[1] 참 가엾은 양반.
그의 작품은 하나.

다른 것들은 잊어라.
참 대단한 책 아닌가,
「밤 끝으로의 여행」[2]
그 책으로
그는 전부를 빼앗기고
파란의 안갯속을
유영하는
천덕꾸러기
괴짜로
전락했다……

미합중국은 참
이상한 곳이다.
미국은 1970년에 이미
정점을 쳤고
이후 지금까지
해마다
3년씩
퇴보해
1989년에는
돌아가는 형편이
꼬라지가

1930년이었다.

굳이 영화관에 가서
공포 영화를 볼 필요가
없지 뭔가.

내가 원고를 부치는 우체국 옆에
정신병원이 하나
있다.

나는 우체국 앞에 주차하지 않고
꼭 그 정신병원 앞에 주차하고
걸어 내려간다.

그 정신병원을 지난다.

몇몇 양호한 환자들은 포치에 나가도 좋다는
허락을 받아
비둘기처럼 거기
앉아 있다.

나는 그들에게 형제애를

느끼지만
그들과 함께 앉아 있지는 않는다.

걸어가서 내 작품을
1종 우편물 칸에 떨어뜨린다.

나는 무슨 일이든
똑바로 해야 한다.

돌아갈 때 그들을 쳐다보는 둥
마는 둥 한다.

차에 올라타 차를 몰고
떠난다.

나는 차를 몰아도 좋다는
허락을 받았다.

집을 향해 쭉 차를
몬다.

진입로를 따라 올라오는데 문득

지금 뭐 하는 걸까
하는 생각이 든다.

차에서 내리자
고양이 다섯 놈 중 한 놈이
다가온다. 참으로 멋진
녀석.

손을 아래로 뻗어 녀석을
만져 본다.

기분이 좋아진다.

지금 나는 해야 할 일을 정확히
하고 있다.

---

1 루이 페르디낭 셀린. 1894-1961. 프랑스의 소설가. 의사로 생활하던 중 비속어를 포함한 노골적인 내용의 「밤 끝으로의 여행」을 발표해 프랑스 문단에 충격을 주었다. 또 반유대적 입장을 고수해 2차 세계대전 후에는 전범 작가로 낙인 찍혀 덴마크로 망명했다가 1951년 특사로 귀국하지만 불우하게 살며 여생을 마감했다.

2 「Voyage au bout de la nuit」(1932). 고통과 절망 속에서 생의 의미를 찾아 헤매는 인간의 모습을 그려 낸 풍자 소설. 여러 직업을 전전하는 주인공이 기존 체제를 비판한다.

떼

개들이 또 열심이다. 뛰어오르고
찢고 물러나고 빙 돌고는
다시 공격한다.

끝난 줄 알았는데, 놈들이
잊은 줄
알았는데, 이제 보니 놈들은
더 많다.

나는 더
늙었지만

개들은
나이를 먹지 않는다.

늘 그렇지만 놈들이 찢는 건
살덩이뿐 아니라
마음과 영혼.

지금 놈들은
이 방 안에서
나를 에워싸고 있다.

놈들은 아름답지
않다. 지옥에서 온
개들이다.

놈들은 당신도
찾아낼 것이다.

지금은 당신이
이놈들의
일원일지라도.

질문과 대답

그는 여름 밤 방 안에 발가벗고 앉아
술을 마시며 칼날로 손톱 밑을 훑다가
예전에 받았던 편지들이 생각나
웃음이 났다. 그에게
이리저리 살면서 그걸 글로 쓰라고
하던
편지들.
앞날이 캄캄하던 시절
그를
지탱해 주었던
편지들.

그가 칼날을 탁자에 놓고
손가락으로 퉁기자
불빛 아래서
칼날이 뱅글뱅글
돌았다.

나를 구원해 줄 사람 누구
없을까? 그는
생각했다.

칼이 돌기를 멈추었을 때
대답이 들려왔다.
네 스스로 구원해야
해.

그는 여전히
웃는 얼굴로
a: 담뱃불을
붙였다.
b: 술을 한 잔 더
따랐다.
c: 칼날을 한 번 더
돌렸다.

팬레터

작가님 글을 오랫동안 읽어 왔어요.
방금 아들 빌리를 재웠네요.
아들 놈이 어디서 고약한 진드기 일곱 마리를 옮아 왔어요.
나는 두 마리
남편 베니는 세 마리.
우리 가족 중에는 벌레를 좋아하는 사람도 있고
싫어하는 사람도 있어요.
베니는 시를 써요.
예전에 한 번 우리 그이도 작가님의
잡지에 났었죠.
베니는 세상에서 가장 훌륭한 작가이지만
욱하는 성격이에요.
그이가 낭송회를 연 적이 있는데 누군가
그이의 진지한 시에 웃음을 터뜨렸어요.
베니는 그 자리에서
거시기를 꺼내
무대에 오줌을 눴죠.
그이는 작가님이 글은 잘 쓰지만 그이의
불알을 봉지에 넣어 가져갈 순
없을 거래요.
그나저나 오늘 밤에 마멀레이드 잼을 큰 통 가득
만들었어요.

우리 집 사람들은 마멀레이드 잼을 좋아해요.
베니는 어제 일자리를 잃었어요, 상사한테
네 똥꼬나 빨라고 했대요.
그래도 아직 나는 네일 숍에서
일하고 있죠.
호모들이 손톱을 관리하러 온다는 거
아세요?
작가님 혹시 호모는 아니죠? 그쵸
치나스키 씨?
그냥 작가님한테 편지를 쓰고 싶었어요.
작가님 책은 여기서 두루 읽히고
있어요.
베니는 작가님이 구닥다리 늙다리이고
글은 잘 쓰지만 그이의 불알을
봉지에 넣어 가져갈 순
없을 거래요. 벌레 좋아하시나요, 치나스키 씨?
이제 마멀레이드 잼이 먹기 좋게 식었을
거예요.
그럼 안녕.

도라.

잠깐 배를 잡고 웃어 봅시다

그냥 떠나는 것도
괜찮긴 해
그냥 가는 거지
훌쩍 사라지는 거야
이 모든 기억을
뒤로하고.
하지만 머무는 것도
나름 재미는
있어.
그 여자들 말이야
자기가
인기 상품인 줄
알지만
현실은 지저분한
아파트에 살면서
드라마의
다음 회를
기다리는 신세였지.
남자들도 마찬가지.
반드시
해낼 거라는
철석같은

믿음으로
연감 안에
팽팽한 낯짝을 내놓고
활짝 웃고
있었지.
지금 그들은
경찰
타자 사원
샌드위치 가판대
점원
말 관리원으로
먼지 소굴에서
뒹굴고 있어.
주변에
머물면서
남들에게 무슨 일이
일어나는지
구경하는 것도
괜찮아. 그래도
화장실에
가면
거울은

피하시게.

그리고

물 내릴 때

떠내려 가는

거

쳐다보지

말고.

파국

공이 홈플레이트로 날아들지만
내 눈엔 도무지
보이지
않는다.

내 타율은 2할3푼1리로 뚝
떨어졌다.

사소한 것들이 자꾸
신경에 거슬리고
밤에는 잠을 잘 수가
없다.

"회복될 거야,
해리." 동료들은
내게 말한다.

그러고선 내심
실실
좋아들 하지.

스물두 살짜리에게 밀려

나는 벤치를
지킨다.

저기 있는 그는 좋아 보인다.
힘이 좋아 라인드라이브가
많다.

“코치 할 생각 없어?”
매니저가 묻는다.

“아니.” 나는 그에게 말한다.”당신이
하지 그래요?”

집에 오니 아내가
묻는다. “오늘은 선발 명단에
올랐어?”

“아니.”

“걱정 마, 당신 선발에
들어갈 거야.”

"아니, 글렀어.
시즌 내내 대타 자리나
지키겠지."

화장실로 들어가
거울을
들여다본다.

나는 스물두 살 청년이
아니다.

하루아침에
벌어진 일
같다.

간밤까지
잘나갔는데
이튿날 밤 별안간
파국을 맞은 것처럼.

화장실 밖으로 나가니
아내가 말한다.

"걱정 마, 그냥 좀
쉬면
돼."

"코치진에 합류할까 생각
중이야." 나는 아내에게
말한다.

"그러든지." 그녀가 말한다. "당신은
훌륭한 매니저가 될 거야
내가 장담해."

"휴, 그래." 나는 말한다. "텔레비전
뭐 해?"

제로

입맛은 쓰고 목은 뻣뻣한데 소닉 안마기는
어디 갔나. 라디오 음악은 병들었고
죽음의 바람은 슬리퍼 속을 파고드는데
우편함엔 희미한 사이비 영혼의 어이없는 편지가
들어 있다.
발신인 왈, 나를 보러 오겠단다, 20년 전
패서디나[1] 술판에서 만나
집까지 태워 준 은혜를
갚으라 한다.
오늘 아침엔 고양이 한 놈이
깔개 위에 똥을 싸질 않나
오늘 오후 첫 레이스에선
베팅한 말이 기수를 문 밖으로
내동댕이쳤다.

아래층
커다란 사진 속 헤밍웨이는
아바나에서 낮술에 취해 입을 헤 벌리고
바닥에 드러누워 있는데 커다란 배가
셔츠 자락 밑으로 흘러내릴 판이다.

술은 취하지도 않았건만 나도 다를 바 없는 신세로구나.

어쩌면
그게 문제겠지.

무엇이 문제든 문제는 있다. 더구나
이게 말이 되느냔 말이다. 나 같은 행운아가
여기 이러고 있으면
안 되는 것이다.
그간 내가 나한테 한 짓
그들이 나한테 한 짓을
생각하면
신들 앞에 무릎 꿇고 감사를 올려도
시원찮다.
하지만 나는 세상에 발끈하는 것으로
신들의 친절을
조롱했다.
밤에 푹 자고 나면 정신이
좀 맑아지려나.
하지만 당장 이 방을 둘러보니
나처럼 어수선하다. 이것저것
엉뚱한 데 나뒹굴고 너절하고 뒤섞이고 없어지고
쓰러져서 바로잡을 수 없다. 그러고 싶지도
않고.

비루한 날을 사는 것은 위험한 날을 대비한
예행 연습일지 모른다.
어쩌면.

1 미국 캘리포니아주 서남부, 로스앤젤레스 근처 도시

까막눈

이젠 틀렸어, 호구들아, 그들이
전등을 꺼 버리고 뒤쪽 출입구도
봉쇄했어.
게다가
정문 쪽은 활활 타고 있지.
네 이름 따위 아무도 몰라.
저기 오페라에선 체스 게임이
벌어지고
도시 분수대는 피를
뿜어내.
사지에 구멍이
뚫리고
그들은
최고의 이발사를
목매달았다.
둔한 영혼들이 사기가 오르네.
마분지 영혼들이 미소를 짓네.
똥을 좋아하는 건 너나없구나.
이젠 틀렸어, 호구들아, 무덤이
일어나 산 자를 덮쳤다.
마지막이 처음이 되고
모든 게 사라졌다.

거대한 개들이 민들레를 꿈꾸며
신음하네.
검은 표범이 철창 우리를 환영하네.
양파의 심장이 얼어붙고
운명은 빈곤하고
하늘을 뒤덮은 바보들의 웃음소리에
이성의 경적은 파묻혔다.
챔피언들은 죽고
갓 태어난 아기들은
얻어맞네.
여객기는 허공에 까막눈들을
토해 내지.
이젠 틀렸어, 호구들아, 내내
이런 쪽으로
흘러왔고
지금
여기도 그렇다오.
그건 만질 수도 없고 냄새도 나지 않고 보이지도 않아.
위를 봐도 아래를 봐도 돌아서도 앉아도 서도
잠을 자도 뛰어도
아무것도 없구나.
이젠 틀렸어, 호구들아

이젠 틀렸어
호구들아 호구들아 호구들아.
네가
몰랐다 해도
놀랄 일은 아니지.
이제
알았다면, 호구야, 행운을
빈다
어둠 속에서
갈 데가 없겠지만.

태그업[1]과 홀드[2]

암스테르담에도
기회는 별로 없어.
치즈는 벼룩을
싫어하지.
돌아서서
뒤로 달리는
촌스런
유니폼의
중견수가
타이밍 하나는
기가 막히군.
공과 남자가
한 몸처럼
도달하고
글러브에 공을
넣는 남자의
동작은
우주와 장단이
딱딱 맞아.
캔자스시티
동부에도
기회는 별로 없어.

남자들이
어떻게
변기 앞에
훈련된
동작으로
앞만
바라보며
줄줄이
늘어서 있는지
알게 될 뿐.
중견수는
컷오프맨[3]에게
공을
던지고
컷오프맨의 눈은
주자들에게 꽂혀 있군.
햇볕이
내리쬘 때
어딘가에선
늙은
여자가
창문을 열고

제라늄을
바라보다
물을 한 잔
마시러 가지.
뉴욕 시에도
기회는 별로 없어.

당신
맞은편
의자에
앉아 있는
그 남자의
눈에
담긴
표정도
마찬가지야.

그는
당신에게
어떤
것에 대한
어떤 질문을

던지려는
참이지.

특히
무얼 어떻게

해야 하느냐는
질문.

별수 없는 걸
왜 묻는지.

---

1 야구에서 수비수가 플라이볼이나 파울볼을 잡는 순간 주자가 다음 베이스로 달리는 것.
2 중간 계투 투수가 상대에게 동점이나 역전을 허용하지 않고 던지다 교체되는 것.
3 야외에서 던진 공을 중간에서 받아 내야로 던지는 수비수.

이번에 비하면

그땐 좋았지, 한밤의 천둥소리, 광장에서의
죽음.
신발에 광을 내야겠다.
타자기는 묵묵부답이다.

침대 뒤
벽에
몸을 기대고
펜으로
낡은 노란 공책에
이 글을
끼적인다.

헤밍웨이는 더 이상 글이
나오지 않을 거라고
말하고
총구를 입에
넣었다.

글을 쓰지 않는 것도 나쁘지만
나오지 않는 글을
억지로 쓰려는 건

더 나쁘다.

이보게들, 나도 사정이 있소이다.
결핵에 걸렸단 말이오.
항생제에 뇌가
무뎌졌다 이거요.

사람들은 내게
다시 글을 쓰게 될 거라
안심시킨다. "전보다
더 나은 글을 쓰게 될 거예요."

그러면 다행인데
타자기는 묵묵부답
나를 빤히
쳐다만 본다.

그간 이삼 주
간격으로
우편함에 날아드는
팬레터는
내가

세상에서 가장 위대한
작가가
틀림없단다.

하지만
타자기는 묵묵부답
나를 빤히
쳐다만 보는걸……

내 생애
가장 요상한
시절이
또 찾아왔나.

래저러스[1]처럼 한 편
써내야 할 텐데
신발에 광내는 것조차
할 수가
없네그려.

---

1 엠마 래저러스, 1849-1887, 미국의 여류 시인. 그녀의 시 「새로운 거인(The New Colossus)」의 마지막 5행은 뉴욕 자유의 여신상 받침대에 새겨져 있다.

다운타운 빌리

'다운타운' 빌리
그리 불리던
놈이 있었다.

'다운타운'은
이만큼
긴
두 팔을
마음껏
힘껏
휘둘렀다.

'다운타운' 빌리와
시합이 붙으면
어디에서 펀치가
날아올지
알 수 없었다.
"그냥 다운타운한테서
주먹이 나와……"

'다운타운'은
쭉쭉

치고 올라가
그의 체급에서
4위까지 했다가
10위 밖으로
밀려났다.

그러고는 고작 6회전 시합
4회전 시합을
뛰기 시작했다.

다운타운한테서
펀치가
나오기는 했지만
이제는 펀치가
나오는 게
보였다.
이제 그는
연습 상대일
뿐이었다.

마지막 듣기로는
그는 떠났다

한다.

나는 오늘
'다운타운' 빌리의
심정으로
호두 나무
아래
이 파란
정원 의자에
앉아
옆집 소년이
농구공을
튕기다
멋지게 앞으로
몇 걸음
내딛고
공을 던져
공이
차고문 위
링 속으로
둥글게
들어가는 걸

바라본다.

약은
방금 전
먹었다.

에이트 카운트[1]

침대에서
전화선
위
새 세 마리를
바라본다.

한 마리가
날아가고
한 마리 더
떠나고

한 마리만
남았다가
그마저
떠난다.

내 타자기는
묘비처럼
요지부동.

나는
새 구경꾼으로

쪼그라들었다.

그걸
이제야
알았다니
등신.

1 권투에서 선수가 다운됐을 때 선수의 의지와 상관없이 심판이 8까지 카운트를 세는 것.

병

몸이 많이 아파 골골하는 건 정말이지
이상한 일이다.
온 힘을 짜내 침대에서 몸을 일으켜
화장실에 다녀오는 건, 뭐랄까
하나도 안 웃긴
농담이랄까.

침대에 도로 누워 또다시 죽음을 생각하다가
죽음은 가까이 다가갈수록
점점 덜 고약해짐을
새삼 깨닫는다.

남는 게 시간이라 벽과 밖을
샅샅이 뜯어본다.
전화선 위 새들도 엄청 중요하게
느껴진다.
텔레비전에선 남자들이 날마다
야구를 한다.

입맛이 없다.
뭐든 종이를 씹는 것 같아
더 아프다, 더더

아프다.

좋은 아내라면 어떻게든 먹으라고 자꾸
권하는 법.
“의사 선생님이 그랬잖아……”

불쌍한 마누라.

그리고 고양이들.
고양이들이 침대로 훌쩍 뛰어올라 나를 쳐다본다.
빤히 쳐다보다 또 훌쩍
내려간다.

세상 참, 하는 생각이 든다. 먹고 일하고 떡치고
죽는다는 게 참.
전염병에 걸려 다행이다. 아무도 문병을
안 오니.

눈금이 155를 가리킨다. 217에서
줄었네그려.[1]

꼭 집단 처형장 안의 남자 같구나.

같은 게 아니라
실제로 그렇다.

그래도 나는 행운아다. 고독을 먹고 살면서
군중을 절대 그리워하지 않았으니까.

나는 위대한 책을 읽을 수 있지만 위대한 책은 내게
관심이 없다.

침대에 앉아 이쪽이든 저쪽이든
결판이 나기를
기다린다.

누구나
그렇듯.

1 몸무게 155파운드와 217파운드는 각각 70킬로그램과 98킬로그램이다.

세르반테스[1]는 오직 하나

부인해야 소용없다.
타자기를 두드린 지
5년 만에
제대로
작가의 벽에
부딪혔다.
변명거리가 몇 개 있긴 하지.
한동안 몸져누워 있었고
내일모레면
내 나이 일흔이니.
내일모레 일흔은
내리막길을
늘 염두에
두는 나이.
그래도
세르반테스는
여든의 나이에
걸작을 썼다는
사실에
참
갑갑하다.
하지만 세르반테스 같은 사람이

대체 몇이나
되겠어?

그간 쉽게쉽게 글을 쓴
탓에
망가진 것이다.
그러다 이런
비참한 체증의 난관에
내몰린 것이다.

머리에
변비가 왔는지
툭하면 짜증이 난다.
이번 주에만 두 번이나
아내에게 고함을 질렀고
개수대에 한 번 유리컵을
내던졌다.
나쁜 버르장머리
병든 정신
나쁜
필치.

나는 작가의 벽에
부딪혔다.
망할, 그래도 살아 있으니
다행이지
암에 안 걸린 것도
다행이고.
수백 가지 이유로
다행이다.
가끔 밤 한두 시에
침대에서
내가 얼마나 운이 좋은가
생각하면
정신이 계속
말똥말똥하다.

나는 늘 이기적인 방식으로
글을 써 왔다. 나 자신의 만족을
위해 글을 썼다.
그나마 글을 써서
더 나은 삶을
살 수 있었다.

그런데 그게
멈추었다.

지팡이를 짚고 버스 정류장 벤치에 앉은
늙은 남자들을 바라본다.
그들은 멍하니 태양을 응시하며
아무것도 보지 않는다.
병원과 양로원에는
늙은 남자들이
더
있겠지.
침대에
일어나 앉아
요강이 어쩌고저쩌고
구시렁대겠지.
죽음 그까짓 거, 이봐 형씨들
힘든 건
삶이라네.

글쓰기는 내게
젊음의 샘
나의 창녀

나의 사랑
나의 도박이었다.

신들이 나를 망쳐 놓았다.

그래도 이봐, 난 아식
운이 좋아.
작가의 벽에 부딪혔다는
글이라도 쓰는 게
아예 못 쓰는 것보다는
낫잖아.

---

1 「돈키호테」의 작가

저세상 사람들과 아는 사이라면

저세상 사람들과 아는 사이라면 좋겠다.
나 지금 죽어 가는 처지라.
지금 망자들은
서코태시[1]와 국수를
아무렇게나
해골 안에
퍼 넣겠지.

저세상 사람들과 아는 사이라면 좋겠다.
나 지금 죽어 가는 처지라
이미 오래전 시든
세상 속에서.

여기를 뜨는 것은
일도 아니지.
여기를 사랑하는 것이
일도 아니듯.

저세상 사람들과 아는 사이라면 좋겠다.
나 지금 죽어 가는 처지라.
손가락이 뼈다귀처럼
말라서

기도도
못 올리네.

저세상 사람들과 아는 사이라면 좋겠다.
나 지금 죽어 가는 처지라.

나 지금 죽어 간다.
저세상 사람들과 아는 사이였지.

여기 지구에서도
다른 곳에서도
지금도 혼자
그때도 혼자
혼자.

---

1 옥수수와 콩, 채소 등을 섞어 끓인 요리

술 마셔요?

피폐한 몸으로 상륙해 옛날 노란 공책을
꺼내 들고
작년에 그랬듯
침대에서
글을 쓴다.

월요일에 의사를
만날 것이다.

"네, 의사 양반, 다리가 후들거리고 어지럽고
머리도 아프고 등도
아파요."

그러면 의사는 묻겠지. "지금도 술 마셔요?"
"운동은 합니까?
비타민은
먹고요?"

내 생각에 내 병은 그저
사느라 생긴 거라오.
고리타분한 레퍼토리긴 하지만
굴곡진 인생이

그렇지 뭐.

경마장에서도 그래
달려가는 말들을 봐도
무의미하게
느껴져.

그래서 남은 마권을 사고
일찌감치 자리를 떠.

“벌써 가세요?” 배당 직원이
묻지.

“네, 지루해서.”
나는 그에게 말하겠지.

“심심하면
또
오세요.”

그래서 지금
또 베개에 기댄 채 이러고

있다.

노란 공책을
든
일개 늙은이
일개 글쟁이.

뭔가가
바닥을 건너
나를
향해
걸어오네.

아, 내
고양이로군.

이번에는
그렇다.

D

이 의사는 예술품 수집에 열심이다.
대기실에 비치된 잡지들은
두꺼운 표지에
반들거리는 종이, 커다란 컬러 사진이
실린
'예술가'.

접수원이 이름을 불러
다른 대기실로 따라가니
벽에 그림
인체 도표
천지다.

의사가 들어온다. "좀
어떠십니까?"

안 좋지 뭐, 하고 생각한다. 좋으면 여기
안 왔겠지.

"이게 말이죠." 그가 말을 잇는다. "놀라운
조직 검사 결과가 나왔어요, 이건
예상 못 했는데……"

의사는 대머리에 말쑥하고
피부가 발그레한 양반이다.

“원래는 척 하면 착
맞추는데, 이번에는
놓쳤네요……”

그는 머뭇거린다.

“말해 봐요.” 나는 말한다.

“그러죠. 암에는 네 가지
종류가 있습니다. A, B, C, D.
그런데 환자분은
D예요.
암에 걸린다면 난
환자분처럼
D를 택할 겁니다.”

의사는 고된 직업임이 분명하나
수입은

좋다.

“음.” 그가 말한다. “그냥 태워 버립시다
오케이?”

나는 처치대에 똑바로 눕고
그는 기구를 든다.
공기를 달구는 열기가
느껴지고
드릴 같은 것이 돌아가는 소리가
들린다.

“눈 깜짝할 새
끝날 겁니다……”

작은 종양은 오른쪽 콧구멍
바로 안쪽에 있다.
기구가 그것을
건드리고
살 태우는 냄새가
진동한다.

그가 멈춘다.

다시
시작한다.

고통은 있지만
날카롭고 집중된 느낌이다.

그가 다시
멈춘다.

"이제 한 번만 더
할게요
싹
없어지게."

그는 다시 기구를
갖다 댄다.
이번에는 고통이
극심하다.

"자, 됐습니다……"

끝났다.
반창고는 필요없다.
지져서.

나는 접수계 앞에 선다.
여자가 영수증을 내민다.
마스타 카드로 지불하고
문밖으로 나간 후
계단을 내려가
주차장에서
나의
충실한 차를 기다린다.

오후가 한참이나 남은
낮이다.

나는 담뱃불을 붙이고 시동을
걸고는
지옥 같은 그곳을
빠져나와
다른 곳으로

나아간다.

시간의 바닥

시간의 바닥에
도사린 것은
고부라진 담뱃대
빨간 기차
셋집
바짝 튀겨진 우울.

시간의 바닥에
도사린 것은
당신이 합창하는 노래
다락방의 쥐
빗물이 흐르는 기차 창문
위스키 냄새가 나는 할아버지의 숨
모범수의 덤덤함.

시간의 바닥에
도사린 것은
어리석어진 유명 인사
흰 페인트칠이 벗겨진 교회들
하이에나를 선택한 연인들
퇴화를 깔깔 비웃는 여학생들
자살자의 밤바다.

시간의 바닥에
도사린 것은
마분지 얼굴의 단추 모양 눈
도서관에 빽빽히 도열한 사망한 책들.

시간의 바닥에
도사린 것은
문어
겨드랑이를 면도하다 발광하는 글로리아
패싸움
휴지 없이 갇혀 버린 기차역 화장실
라스베이거스 가는 길에 펑크 난 타이어.

시간의 바닥에
도사린 것은
여자 바텐더가 완벽한 여자이길 바라는 꿈
전무후무한 홈런
문을 열어 놓고 화장실에 앉아 있는 아버지
장렬하고 신속한 죽음
놀이공원 유령의 집에서 벌어진 윤간.

시간의 바닥에
도사린 것은
거미줄에 걸린 말벌
말리부[1]로 이주하는 배관공
어머니의 울리지 않는 초인종 같은 죽음
현명한 노인의 부재.

시간의 바닥에
도사린 것은
모차르트
시급보다 비싼 형편없는 패스트푸드 식당
화난 여자와 기만당한 남자와 시든 아이들
집고양이
황새치[2] 같은 사랑.

시간의 바닥에
도사린 것은
홈런에 환호하는 1만 7000명
텔레비전 코미디언의 뻔한 농담에 웃는 수백만
지긋지긋한 사회복지관 대기 시간
뚱뚱한 미치광이 클레오파트라
무덤 속 베토벤.

시간의 바닥에
도사린 것은
파우스트의 지옥형 그리고 성교
여름날 거리를 헤매는 개의 처량한 눈빛
마지막 장례식
다시 추락하는 셀린
상냥한 살인자의 단춧구멍에 꽂힌 카네이션.

시간의 바닥에
도사린 것은
젖으로 얼룩진 판타지
지구를 침공하는 우리의 추태
쥐약을 마시는 채터턴[3]
헤밍웨이를 죽였어야 하는 황소
하늘의 여드름 같은 파리.

시간의 바닥에
도사린 것은
골방 안의 미친 작가
졸업 파티의 허영
보랏빛 족적이 찍힌 잠수함.

시간의 바닥에
도사린 것은
밤에 울부짖는 나무
아무도 찾지 않는 장소
나는 바꿀 수 있다고 믿는 새파란 청년
나는 생존할 수 있다고 믿는 중년
나는 피할 수 있다고 믿는 노년.

시간의 바닥에
도사린 것은
새벽 2시 30분
그리고 끝에서 두 번째
그러다 끝이 되는 것.

---

1 아름다운 해안선과 연중 덥고 건조한 지중해성 기후를 가진 캘리포니아의 관광 휴양 도시.

2 주둥이가 창 모양으로 길고 뾰족한 바닷물고기.

3 토머스 채터턴. 1752-1779. 천재 시인이었으나 궁핍한 처지로 자신이 창작한 시를 15세기 시인 롤리의 작품이라고 속이다, 중상모략과 괄시를 이기지 못하고 열여덟 살 나이에 아편을 마시고 자살한 비운의 시인.

창조적 행위

명성이나
돈이 아닌

바닥에 깨진 달걀을 위해
7월 5일을 위해
수조 안 물고기를 위해
9호실 영감을 위해
울타리 위 고양이를 위해

당신 자신을 위해

계속 쳐 내야 한다

나이를 먹을수록
매력은 퇴색하니까

젊다면 더 수월하겠지

어쩌다 보면 누구나
정상에 오를 수 있다

관건은

일관성

계속 굴러가게 하는 것이면
무엇인들 어떠리

죽음의 여신 앞에서 춤추는 것이
인생

나아(裸芽)[1]의 아목(亞目)[2]

이 얼마나
쓸데없는 말인지.
고함과 춤
조롱으로
이 페이지를
채우고
싶지만
타자기는
연신
헛방이다.
우리는
이렇게
전체의 한 조각에
안주한다.

불완전함이
우리가 가진 전부.
우리는 똑같은 글을
쓰고 또 쓰고
또 쓴다.
우리는 의욕이 넘치는
바보.

이 얼마나
쓸데없는 말인지.

작가들은 그저
성공한 척
연기할 뿐이다.
일부만 그 연기에 성공할 뿐
나머지는 실패한다.

우리 중 누구도
아무도
이 기계 앞에
앉으려 하지
않는다.
생각조차 하지
않는다.

고되지만
우리 일이니
해내는
것이

마땅한데도.

1 비늘에 싸여 있지 않은 눈.

2 목(目) 아래 과(科) 위를 뜻하는 생물 계통의 분류 단계.

짝

나는 혼자가 아니다.
지금 여기 놈이 있으니.
가끔은 놈이 가 버렸나
싶다가도
아침에
한낮에
밤중에
놈은
훌쩍 날아든다.
아무도 원치 않는 새.
놈은 내 것이다.
내 고통의 새.
노래하지 않고
가지에서
흔들흔들하는
저 새.

당신도 나도 그대도

노란 가림막이 찢길 때
고양이가 사나운 눈으로 뛰어오를 때
늙은 바텐더가 나무에 기댈 때
벌새가 잠이 들 때

당신도 나도 그대도
깨닫지

탱크가 애꿎은 전쟁터를 휘저을 때
타이어가 고속도로를 내달릴 때
싸구려 버번[1]에 취한 난쟁이가 밤에 홀로 울 때
황소가 고이 투우사의 먹잇감이 될 때
풀이 당신을 바라볼 때 나무들이 당신을 바라볼 때
바다가 넓고 참되게 생명을 품을 때

당신도 나도 그대도
깨닫지

침대 밑 슬리퍼 두 짝의 슬픔과 영광을
피와 함께 춤추는 심장의 발레를
사랑꾼 아가씨가 거울을 피하게 될 날을
지옥에서 하는 야근을

상한 샐러드로 때우는 점심을

당신도 나도 그대도
깨닫지

끝이 났다는 걸
혹독한 고통 후 또다시 혹독한 함정에 빠진 듯해도

당신도 나도 그대도
깨닫지

가끔 난데없이 나타나 매처럼 솟구치고 달처럼 불가능을
　　꿰뚫는 기쁨을

당신도 나도 그대도
깨닫지

성난 눈의 의기양양한 광기를
우리가 결국은 속지 않았음을

우리 손을 우리 발을 우리 삶을 우리 길을 바라볼 때
당신도 나도 그대도

깨닫지

잠든 벌새를
살해된 병사들의 죽음을
태양을 마주하면 괴롭다는 것을

당신도 나도 그대도
깨닫지

우리가 죽음을 물리칠 것임을.

---

1 버번 위스키.

가장 많이 모방되는 시인

황소연

시인 겸 소설가 찰스 부코스키는 미국과 유럽에서 가장 영향력 있고 가장 많이 모방되는 시인 중 하나다. 『망할 놈의 예술을 한답시고』와 『창작 수업』은 그가 죽기 전 마지막으로 출간한 시집 『지구를 떠나기 전 마지막 밤의 시(The Last Night of the Earth Poems)』를 두 권으로 나누어 펴내는 한국어 판 시집이다. 원제에서 짐작할 수 있듯이 시인이 지구를 떠나기 전 세상 사람들에게 내놓는 마지막 시라는 걸 알고 있었던 모양이다. "죽음 그까짓 거, 이봐 형씨들/ 힘든 건/ 삶이라네."(「세르반테는 오직 하나」에서) 같은 말을 생전에 여러 번 했던 만큼, 시인은 홀가분하게 지구를 떠났을 것만 같다.

찰스 부코스키는 1920년 독일 라인 강가의 도시 안더나흐에서 태어났다. 아버지 헨리는 미군으로 독일에 파견되었다가 독일 여성 캐서린 펫(Katherine Fett)과 결혼해 부코스키를 낳고, 2년 후 캘리포니아로 돌아와 우유 배달 마차를 몰았다.

부코스키가 밝힌 생애 최초의 기억은 오렌지나무 숲으로 나간 가족 나들이였다. 어린 시절 그의 부모님은 끊임없이 부부싸움을 벌였고 평생 다투었다고 한다. 아버지는 툭하면 아들과 아내를 때렸다. 특히 아들에게 잔디를 깎으라고 시키고는 잡초가 하나라도 눈에 띄면 엉덩이에 피멍이 들도록 가죽벨트로 아들을 때렸고, 어머니는 침묵으로 아버지 편을 들었다. 아버지는 늘 남 탓을 하는 사람이었다. 그리고 누구도 자기만큼 선하지도 똑똑하지도 않은데 운명의 장난으로 우유 배달부가 되었다고 억울해 했다.

어린 부코스키가 아버지에게 가장 많이 들은 말은 "집안 망신은 네가 다 시킨다!"였다. 최악은 대공황 시절이었다. 아버지는 그나마 있던 일자리를 잃었고 어머니가 청소부로 일하며 생계를 꾸렸다. "내 부모는 형편없는 사람들이었다. (아이에게) 부모란 세상의 전부나 마찬가지인데." 이 거침없는 시인에게도 어린 시절 부모는 넘기 힘든 벽이었다. 그의 부모는 그의 글에 등장하는 부모의 원형이 되었다.

열네 살이 되자 소년의 얼굴에는 여드름이 폭발했다. 여드름은 커다란 화농성 종기로 악화되었고, 소년은 외모에 대한 열등감에 시달리며 우울한 사춘기를 보냈다. 고등학교 때는 단체로 벌거벗고 샤워해야 하는 체육 수업을 받지 않으려고 ROTC에 들어갔고, 얼굴이 너무 부끄러워 고등학교 1학년 때는 휴학까지 했다. 졸업파티 때도 외톨이였지만 어두운 구석에 홀로 서서 언젠가는 자신의 시대가 올 거라고 예감했다니, 근성은 대단했던 것 같다.

이후 시립대학교에 진학해 창작 수업을 듣는다. 아버지가 그의 방 옷장에서 그가 끼적인 글을 발견해 옷가지와 함께 몽땅 내버리자 집을 뛰쳐나온다. 이때부터 거리의 수업이 시작되는데, 훗날 그는 "낭만적인 건달은 없다."고 단언했다. "나는 삶을 증오한다."고 말할 정도로 삶은 고달팠다.

첫 직장은 시어스로벅백화점의 창고 직원이었다. 열등감에 시달리는 청년은 술집과 도서관에서 위안을 얻었다. 그는 돈을 조금 모아 버스 뒷좌석에 몸을 싣고 위스키를 홀짝거리며 뉴올리언스로 갔고, 이후 여러 도시를 돌아다녔다. 샌프란시스코에서는 적십자에 피를 팔아 연명했고, 필라델피아에서는 병역 기피로(미국은 2차 세계대전 참전을 앞두고 있었다.) 체포되어 두 달간 감옥살이를 했다. 부코스키를 검사한 징집 군의관은 그를 정신병자로 진단했다.

부코스키는 여러 직업을 전전하면서 잡지에 시와 단편을 기고한다. 출혈성 궤양으로 죽음의 문턱까지 갔다가 퇴원해서도 술집으로 직행해 맥주를 들이켰다. 서른다섯 살 무렵에는 본격적으로 시를 쓰기 시작한다.

텍사스의 잡지 《할리퀸》에 시를 기고한 것이 인연이 되어 그는 《할리퀸》의 편집자 바버라 프라이와 결혼한다. 바버라가 편지에서 자기와 결혼할 남자는 세상에 없을 거라고 하자 부코스키는 "내가 하겠다."고 답장을 보낸 것이다. 당시 두 사람은 편지만 교환했을 뿐 실제로 만난 적은 없었고, 부코스키는 바버라의 사진 한 장 본 적 없었다.

바버라가 버스를 타고 부코스키가 있는 로스엔젤레스로 왔고(바버라는 미인이었다.) 두 사람은 라스베이거스에서 결혼한다. 부코스키는 결혼한 후 아내의 두 가지 점에 놀랐다고 한다. 첫째는 아내가 성적으로 만족을 못 한다는 것이었고, 둘째는 수백만 달러를 소유한 갑부였다는 점이다. 그들의 결혼 생활은 오래가지 못했다. 부코스키는 아내로부터 이혼을 당하는데, 백만장자 아내가 그에게 남긴 것은 자동차 한 대였다고 한다.

부코스키는 1970년까지 12년간 우체국에서 근무한다. 집에 돌아와서는 타자기 앞에 앉아 맥주와 와인, 라디오의 클래식 음악을 벗 삼아 글을 썼다. 그의 낮과 밤은 완전히 달랐다. 시집들이 하나둘 출간되면서 이름은 조금씩 알려지기 시작한다. 1964년에는 팬이었던 프랜시스 스미스(Frances Smith)와의 사이에서 딸 마리나 루이즈(Marina Louise)를 얻는다.

1969년 그의 시집 『낮은 언덕 위의 야생마들처럼 날아가 버리고(The Days Run Away Like Wild horses Over the Hills)』가 펭귄 현대시인선에 오르고, 단편집은 독일에서 번역 출간된다. 그는 우체국을 그만두고 전업작가가 된다. 그리고 신생 출판사 '블랙 스패로 프레스'는 부코스키의 시집을 연달아 출간해 큰 성공을 거둔다. 시집뿐만 아니라 『우체국』 등 소설과 단편집도 높은 판매고를 거둔다. 전국에서 저자 낭송회가 잇따라 열리고 팬레터가 쇄도한다. 그의 낭송회장에는 늘 환호와 야유가 동시에 존재했다. 그렇게 아름다운 여자들과의 연애가 시작된다. 몰려드는 여자들을 떼어 내야 했다. 애인들과 공개적으로 격렬한 싸움을 벌였다. 경찰이 출동했다. 섹스와 술, 싸움, 스캔들로 점철된 나날이 계속됐다. 부코스키는 기행을 계속했지만 그의 명성은 오히려 높아졌다.

젊은 시인들은 늙고 못생긴 이 시인을 질투했다. 문단 내에서 부코스키라는 이름은 생전 듣지도 보지도 못한 지독한 악몽이었지만, 문단 밖에서 부코스키는 어디를 가나 환영을 받았다. 전 세계 젊은이들이 그에게 편지를 썼고 작가는 답장을 보냈다. 어려운 시절은 이미 흘러간 옛일이었다. 경제적으로 풍족했고 냄새 나지 않는 깨끗한 여자들과 연애할 수 있었다.

1983년 부코스키는 건강식 레스토랑을 운영하는 금발 미인 린다 리 베힐(Linda Lee Beighle)과 두 번째 결혼을 한다. 부코스키 부부는 산페드로 교외로 이주해 죽음이 둘을 갈라놓을 때까지(남편이 먼저 죽었다.) 함께 살았다. 이 시절 부코스키는 하룻밤에 열 편 내지 열다섯 편의 시를 쓰고는 했는데, 타자기는 컴퓨터에 자리를 내주었지만 와인과 음악, 고양이들은 변함없이 그의 곁을 지켰다. 시인은 차를 몰고 경마장과 치과, 주류점을 다녔고, 노인에게 할인해 주는 날 스테이크를 먹으러 갔다. 그리고 주로 죽음과 고통에 관한 시를 썼다.

부코스키가 죽기 직전에 완성한 마지막 장편소설 『펄프』(1994)에는 거대하고 무시무시한 새가 모퉁이마다 갈고리발톱을 번뜩이며 도사리고 있다. 죽음은 그가 말년에 쓴 시에도 새에 투영되는데, 『망할 놈의 예술을 한답시고』와 『창작 수업』에도 죽음의 그림자가 전반에 걸쳐 드리워져 있다.

시인은 죽음의 방문을 앞두고 두려워하지도 환영하지도

않는다. 그저 지금까지 죽음을 잘도 속여 넘겼는데 앞으로는 장담할 수 없다고 생각한다. 이제는 시가를 피워도 죽음이 말을 건다. 시인은 곧 저세상 사람들을 만날 생각에 그들과 안면이 있으면 좋겠다고 푸념한다. (부코스키는 근본적으로 숫기가 없는 남자였다.) "여기 지구에서는 그때나 지금이나 혼자"라면서. 죽음이 코앞에 들이닥치자 그리 좋아하던 경마도, 여자도 시들해진다. 방을 건너오는 고양이를 보고 죽음이 왔나 기대한다. 웃음기를 뺀 어조로 담담히 읊조리는 시인의 독백은 어느 때보다 진솔하다.

죽기 직전에 부코스키는 심하게 쪼그라들었다. 불룩하던 맥주배도 사라졌고, 옷은 앙상한 몸뚱이 위에서 헐렁거렸다. 1994년 3월 9일, 죽음의 새는 백혈병에 걸린 부코스키를 틀어쥐고 저세상으로 데려갔다. 시인이 더는 죽음의 새를 피하지도 속이지도 못한 것이다. 그의 나이 일흔세 살이었다.

세계시인선 48 망할 놈의 예술을 한답시고

1판 1쇄 펴냄 2019년 2월 22일
1판 8쇄 펴냄 2024년 1월 16일

지은이 찰스 부코스키
옮긴이 황소연
발행인 박근섭, 박상준
펴낸곳 (주)민음사

출판등록 1966. 5. 19. (제16-490호)
주소 서울시 강남구 도산대로1길 62
강남출판문화센터 5층 (06027)
대표전화 02-515-2000 팩시밀리 02-515-2007

www.minumsa.com

ISBN 978-89-374-7548-1 (04800)
978-89-374-7500-9 (세트)

세계시인선 목록

1	카르페 디엠	호라티우스 ǀ 김남우 옮김
2	소박함의 지혜	호라티우스 ǀ 김남우 옮김
3	욥의 노래	김동훈 옮김
4	유언의 노래	프랑수아 비용 ǀ 김준현 옮김
5	꽃잎	김수영 ǀ 이영준 엮음
6	애너벨 리	에드거 앨런 포 ǀ 김경주 옮김
7	악의 꽃	샤를 보들레르 ǀ 황현산 옮김
8	지옥에서 보낸 한철	아르튀르 랭보 ǀ 김현 옮김
9	목신의 오후	스테판 말라르메 ǀ 김화영 옮김
10	별 헤는 밤	윤동주 ǀ 이남호 엮음
11	고독은 잴 수 없는 것	에밀리 디킨슨 ǀ 강은교 옮김
12	사랑은 지옥에서 온 개	찰스 부코스키 ǀ 황소연 옮김
13	검은 토요일에 부르는 노래	베르톨트 브레히트 ǀ 박찬일 옮김
14	거물들의 춤	어니스트 헤밍웨이 ǀ 황소연 옮김
15	사슴	백석 ǀ 안도현 엮음
16	위대한 작가가 되는 법	찰스 부코스키 ǀ 황소연 옮김
17	황무지	T. S. 엘리엇 ǀ 황동규 옮김
18	움직이는 말, 머무르는 몸	이브 본푸아 ǀ 이건수 옮김
19	사랑받지 못한 사내의 노래	기욤 아폴리네르 ǀ 황현산 옮김
20	향수	정지용 ǀ 유종호 엮음
21	하늘의 무지개를 볼 때마다	윌리엄 워즈워스 ǀ 유종호 옮김
22	겨울 나그네	빌헬름 뮐러 ǀ 김재혁 옮김
23	나의 사랑은 오늘 밤 소녀 같다	D. H. 로렌스 ǀ 정종화 옮김
24	시는 내가 홀로 있는 방식	페르난두 페소아 ǀ 김한민 옮김
25	초콜릿 이상의 형이상학은 없어	페르난두 페소아 ǀ 김한민 옮김
26	알 수 없는 여인에게	로베르 데스노스 ǀ 조재룡 옮김
27	절망이 벤치에 앉아 있다	자크 프레베르 ǀ 김화영 옮김
28	밤엔 더 용감하지	앤 섹스턴 ǀ 정은귀 옮김
29	고대 그리스 서정시	아르킬로코스, 사포 외 ǀ 김남우 옮김

30	셰익스피어 소네트	윌리엄 셰익스피어 | 피천득 옮김
31	착하게 살아온 나날	조지 고든 바이런 외 | 피천득 엮음
32	예언자	칼릴 지브란 | 황유원 옮김
33	서정시를 쓰기 힘든 시대	베르톨트 브레히트 | 박찬일 옮김
34	사랑은 죽음보다 더 강하다	이반 투르게네프 | 조주관 옮김
35	바쇼의 하이쿠	마쓰오 바쇼 | 유옥희 옮김
36	네 가슴속의 양을 찢어라	프리드리히 니체 | 김재혁 옮김
37	공통 언어를 향한 꿈	에이드리언 리치 | 허현숙 옮김
38	너를 닫을 때 나는 삶을 연다	파블로 네루다 | 김현균 옮김
39	호라티우스의 시학	호라티우스 | 김남우 옮김
40	나는 장난감 신부와 결혼한다	이상 | 박상순 옮기고 해설
41	상상력에게	에밀리 브론테 | 허현숙 옮김
42	너의 낯섦은 나의 낯섦	아도니스 | 김능우 옮김
43	시간의 빛깔을 한 몽상	마르셀 프루스트 | 이건수 옮김
44	작가	호르헤 루이스 보르헤스 | 우석균 옮김
45	끝까지 살아 있는 존재	보리스 파스테르나크 | 최종술 옮김
46	푸른 순간, 검은 예감	게오르크 트라클 | 김재혁 옮김
47	베오울프	셰이머스 히니 | 허현숙 옮김
48	망할 놈의 예술을 한답시고	찰스 부코스키 | 황소연 옮김
49	창작 수업	찰스 부코스키 | 황소연 옮김
50	고블린 도깨비 시장	크리스티나 로세티 | 정은귀 옮김
51	떡갈나무와 개	레몽 크노 | 조재룡 옮김
52	조금밖에 죽지 않은 오후	세사르 바예호 | 김현균 옮김
53	꽃의 연약함이 공간을 관통한다	윌리엄 칼로스 윌리엄스 | 정은귀 옮김
54	패터슨	윌리엄 칼로스 윌리엄스 | 정은귀 옮김
55	진짜 이야기	마거릿 애트우드 | 허현숙 옮김
56	해변의 묘지	폴 발레리 | 김현 옮김
57	차일드 해럴드의 순례	조지 고든 바이런 | 황동규 옮김
60	두이노의 비가	라이너 마리아 릴케 | 김재혁 옮김